读客科幻文库

跟着读客读科幻，经典科幻全看遍。

THE CURRENTS OF SPACE

银河帝国

14 星空暗流

[美]艾萨克·阿西莫夫 著

叶李华 译

江苏凤凰文艺出版社
JIANGSU PHOENIX LITERATURE AND ART PUBLISHING, LTD

图书在版编目（CIP）数据

星空暗流 /（美）阿西莫夫 (Asimov,I.) 著；叶李华译 . -- 南京 : 江苏凤凰文艺出版社 , 2015（2023.3 重印）
（银河帝国 . 帝国三部曲）
书名原文 : The Currents of Space
ISBN 978-7-5399-8334-9

Ⅰ . ①星… Ⅱ . ①阿… ②叶… Ⅲ . ①长篇小说－美国－现代 Ⅳ . ① I712.45

中国版本图书馆 CIP 数据核字 (2015) 第 097198 号

图字：10-2011-624 号

星空暗流

［美］艾萨克·阿西莫夫 著　　叶李华 译

责任编辑	丁小卉
特约编辑	杨菊蓉　　许姗姗
封面设计	李子琪
责任印制	刘　巍
出版发行	江苏凤凰文艺出版社
	南京市中央路 165 号，邮编：210009
网　　址	http://www.jswenyi.com
印　　刷	三河市龙大印装有限公司
开　　本	890 毫米 ×1270 毫米 1/32
印　　张	7.75
字　　数	183 千字
版　　次	2015 年 9 月第 1 版
印　　次	2023 年 3 月第 35 次印刷
标准书号	ISBN 978－7－5399－8334－9
定　　价	140.00 元（全 3 册）

江苏凤凰文艺版图书凡印刷、装订错误，可向出版社调换，联系电话：010-87681002。

目　录

序　幕　一年前/1

第一章　弃　儿/5

第二章　镇　长/17

第三章　图书馆员/29

第四章　叛　逆/41

第五章　科学家/53

第六章　大　使/65

第七章　巡　警/77

第八章　贵　妇/90

第九章　大　亨/102

第十章　亡命之徒/116

第十一章　船　长/131

第十二章　侦　探/147

第十三章　游艇玩家/161

第十四章　变节者/173

第十五章　俘　虏/186

第十六章　被　告/200

第十七章　原　告/213

第十八章　胜利者/226

尾　声　一年后/239

后　记/243

序　幕
一年前

来自地球那人有了决定，虽然过程漫长，但终究还是决定了。

自从他离开太空船中令人感到心安的甲板，以及周围冰冷、黑暗的太空，已有数周的时间了。当初，他只打算到“星际太空分析局”的当地办事处做一次简短的报告，再以迅速的动作撤回太空。不料，他却被留置此地。

这里简直像个监狱。

他将杯中的茶水一饮而尽，然后望着桌子对面那个人，对他说:“我不要再等下去了。”

另外那人有了决定，虽然过程漫长，但终究还是决定了。他需要时间，更多更多的时间。第一批信件未有任何回应，像是尽数掉进恒星腹中，一点也没有达到目的。

这并未超出他的预期，或者应该说没有低于他的预期，话说回来，毕竟那只是第一步的行动。

在接下来的行动中，他绝对不能让这个来自地球的人脱离掌握。想到这里，他摸了摸口袋中那根光滑的黑棒。

他说："你不明白问题的微妙处。"

那地球人说："一颗行星的毁灭有什么微妙的？我要你向整个萨克公布详情，把这件事告诉那颗行星上的每一个人。"

"我们不能那样做。你该知道那将引起大恐慌。"

"你原本说你会那样做。"

"我仔细考虑过了，那样做绝不实际。"

地球人转而开始抱怨另一件事。"分析局的代表还没来。"

"我知道。他们正忙着为这次危机筹划解决方案，再等一两天吧。"

"再等一两天！总是叫我再等一两天！他们忙到不能抽空见我一面吗？他们甚至还没看过我的计算。"

"我曾想要把你的计算给他们送去，你却不要我那么做。"

"现在我还是不要。他们可以来见我，我也可以去见他们。"他又激昂地补充道："我认为你不相信我，你不相信弗罗伦纳会毁灭。"

"我相信你。"

"不，我明明知道你不相信，我看得出来，你只是在应付我。你无法理解我的数据，你不是个太空分析员。我甚至觉得你自称的身份也是假的。你究竟是谁？"

"你越来越激动了。"

"是的，没错。这令你惊讶吗？或者你只是在想，这个可怜虫是不是着了太空的魔；你认为我发疯了。"

"胡说八道。"

"你当然这么想，所以我才要见分析局的代表。他们会明白我有没有发疯，他们会明白的。"

另外那人记起了自己的决定，他说："你看上去不太舒服，让我好好照顾你。"

"不，你做不到，"地球人歇斯底里地吼道，"因为我这就要走出去。如果你要阻止我，就把我杀掉吧，只不过你不敢。假使你那样做，你的双手会沾满那整个世界每个人身上的鲜血。"

另外那人也开始吼叫，好让对方重视他的话："我不会杀你。听我说，我不会杀你，没有那个必要。"

那地球人说："你要把我绑起来，你要把我关在这里，你心里是这样想的吗？当分析局开始找我的时候，你又要怎么办？你也知道，我该定期提出例行报告。"

"分析局知道你平安地和我在一起。"

"是吗？我根本怀疑他们并不知道我已抵达这颗行星。我也怀疑他们是否收到我最初那封电讯。"地球人忽然一阵头晕眼花，开始感到四肢僵硬。

另外那人站了起来。他心里非常明白，自己的决定下得一点也不早。他沿着长桌，慢慢向那地球人走去。

他以安慰的口吻说道："这都是为了你好。"他从口袋里掏出那根黑棒。

地球人用沙哑的声音说："心灵改造器。"他吐出的字句含糊不清，而当他试图起身时，双臂与双腿只能微微发抖。

他从使劲咬紧的牙关蹦出几个字："你下了药！"

"我下了药！"另外那人承认，"现在听好，我不会伤害你。你在如此激动而焦虑的情况下，难以了解这件事真正的敏感之处。我只是要除去那份焦虑，只有焦虑而已。"

地球人再也说不出话来。他只能坐在那里麻木地想：太空啊，我被下药了。他想要大喊大叫、拔腿就跑，可是他做不到。

此时，另外那人来到地球人面前。他站在那里，低头望着他。地球人则扬起目光，他的眼球还能转动。

心灵改造器是个自足式的仪器，只需将它的电线固定在头颅的适当位置。地球人惊惶地望着这一切动作，直到他的眼部肌肉僵硬为止。当尖锐而纤细的导线探入皮肉，与他的颅骨骨缝进行接触时，他连轻微的刺痛都感觉不到。他在心中发出一遍又一遍无声的呐喊，大叫道：不，你不了解，那是一颗住满人类的行星。难道你看不出来，你不能拿几亿活人的生命冒险吗？

另外那人的声音逐渐模糊，逐渐远离，像是从强风涌动的深长隧道另一端传来。“这不会对你造成伤害。一小时后你就会恢复了，真正恢复了；你会跟我一起嘲笑这一切。”

地球人感到头颅中有微弱的振动，不久这个感觉也消失了。

黑暗的帷幕越来越厚，将他紧紧罩在下面。有些部分再也没有升起，其他部分也要一年之后才渐渐揭开。

第一章
弃儿

愚可放下手中的食具，猛然跳了起来。他全身颤抖得如此猛烈，必须倚着乳白色的墙壁才能站稳。

他大吼道："我记起来啦！"

大家都向他望来，午餐中嘈杂的交头接耳多少消停了些。望向他的脸庞都不怎么清洁，也刮得不怎么干净，在三流的壁光照耀下，个个略显苍白并泛着油光。那些目光并不算太好奇，任何突如其来的叫喊都会造成这种反射性的注目。

愚可又喊道："我记起了我的工作，我曾有一份工作！"

有人咆哮道："闭嘴！"还有人叫道："坐下！"

众人纷纷转开脸，交头接耳声再度响起。愚可茫然望着餐桌，听到有人骂他"疯愚可"，同时猛力耸了耸肩；他还看到有人伸出手指在太阳穴旁转了几转。对他而言这一切都不算什么，全都没有往他心里去。

他慢慢坐下来，重新抓起他的食具。那是个像汤匙的东西，具有锋利的边缘，凹处的前端还有微小的尖齿，因此可用来切肉、舀汤或叉取食物。每一项功能都同样笨拙，不过一个厂工无法要求更多。他将食具转过来，瞪着手柄背面那几个字出神，但并未注意具体内容，因为他早就背熟了自己的号码。其他人跟他一样，也都有个登记号码；但其他人还有个名字，而他却没有。他们叫他愚可，因为在蓟茼加工厂的俚语中，这个称呼代表低能、心智鲁钝的意思。非但如此，他们还常常管他叫“疯愚可”。

不过从现在开始，他或许会记起越来越多的往事。自从来到加工厂后，这是他第一次真正记起从前的事情。只要他努力回想！只要他全心全意回想！

他突然感到不饿了，一点也不饿。他猛然将食具插在面前的菜肉胶冻上，再将那盘食物推到一旁。他用双手的掌根按住双眼，十指插入头发用力拉扯。他使尽全身力气，试图跟随心灵进入一个迷离的境界——他的心灵曾经从那里抽出一段记忆，一段混沌而无法解读的记忆。

然后他开始哭泣，此时叮当的钟声刚好响起，宣布午餐休息时间结束了。

当天傍晚，他正要离开加工厂的时候，瓦罗娜·玛区来到他身边。起初他几乎没有察觉，至少没有察觉到是她，只是误以为自己的脚步有了回声。于是他停下来向她望去——她的头发介于金黄与褐色之间，扎成两条粗辫子，再用几根小型磁性绿石扣针夹在一起。那些扣针非常廉价，而且看来已经褪色。她穿着一套简单的棉质套装，在这种温和的气候下，这样一套就足够了；正如愚可自己所需要的，只是一件轻薄的无袖衬衫，以及一条宽松的棉裤。

她说：“我听说午餐时出了一点问题。”

不出所料，她说的是尖锐的乡下口音。愚可自己的语言充满不卷舌的“平母音”，而且带有一点鼻音。大家因此嘲笑他，并且模仿他的说话方式，可是瓦罗娜总会告诉他，那只能代表他们自己的无知。

愚可咕哝道："没出什么问题，罗娜。"

她却相当坚持。"我听说，你说你记起了什么事。对不对，愚可？"

她也叫他愚可，除此之外找不到什么适当的称呼，因为他记不起自己的真实姓名。他曾经拼命试图回忆，瓦罗娜也陪着他一起努力。有一天，她设法找到一本破旧的市区名录，将上面所有的名字念给他听，结果他对每一个名字都同样陌生。

他正视着她的脸庞，对她说："我得辞掉加工厂的工作。"

颧骨高耸的瓦罗娜皱起眉头，又宽又圆的脸庞现出为难的表情。"我认为你不能那样做，那是不对的。"

"我必须尽力查出自己的身世。"

瓦罗娜舔了舔嘴唇。"我认为你不该那样做。"

愚可转过身去，他知道她的关怀是真诚的。当初，就是她帮自己找到这份加工厂的工作。他对操作加工厂的机器毫无经验，或者也许有，只是不记得了。反正，罗娜强调他的个子太小，无法胜任体力劳动，于是他们答应免费提供技术训练。而在此之前，在他几乎无法发出声音，不知道食物是什么的噩梦般日子里，一直是她在看顾他、喂养他——是她让他活了下来。

他说："我一定要。"

"是不是头痛又犯了，愚可？"

"不，我的确记起一件事。我记起了我以前的工作是什么——以前的工作！"

他不确定自己是否想告诉她，于是将目光转到别处去。温暖可人的太阳至少在地平线上两小时之处。加工厂里里外外都是一排排单调的工作间，令人多看两眼就会生厌，不过愚可知道，一旦他们爬到坡顶，大片田野便会呈现在他们面前，鲜红与金黄的美丽色彩将尽收眼底。

他喜欢望着田野。打从一开始，那样的景色就使他感到安慰与喜悦。甚至在他知道那些色彩叫做鲜红与金黄之前；在他知道有色彩这个概念之前；在他只能轻轻发出喉音表达喜悦之前，置身田野头痛便会消失得较快。在那些日子里，瓦罗娜总会借来一辆反磁滑板车，每当休工日就带他离开小镇。他们会在路面一英尺之上风驰电掣，滑行在反重力场构成的平滑衬垫上，直到他们来到人迹罕至处，只剩下拂过面颊的微风，以及蓟苘花的阵阵芳香。

然后，在明媚的阳光照耀下，他们会坐在路旁，沐浴在色彩与香气中，两人共享一块胶冻，一直待到不得不回去的时候。

这些记忆打动了愚可，他说："我们到田野去，罗娜。"

"时候不早了。"

"拜托，走出小镇就好。"

她摸索着贴身收藏的薄薄钱袋。钱袋塞在她腰间一条柔软的蓝色皮带内，那条皮带是她身上唯一的奢侈品。

愚可一把抓住她的手臂："我们走吧。"

半小时后，他们离开公路，走向一条蜿蜒的、砂石压成的无尘小径。两人之间维持着凝重的沉默，瓦罗娜感到正被一股熟悉的恐惧攫获。她不知如何表达对他的感情，所以从来未曾尝试过。

若是他竟然离开她，那该怎么办？他是个小个子，与她身高相仿，而体重还不如她。在许多方面，他仍是个无助的孩子。可是在他们将他的心灵关闭之前，他定是个受过教育的人，是个非常重要的知识分子。

至于瓦罗娜自己，除了读写，以及让她能操作工厂机器的职校训练之外，再也没有受过任何教育。不过她有足够的知识，知道并非所有的人都那么浅薄。镇长当然就是个例外，他的广博知识对大家有莫大的帮助。还有偶尔前来巡视的那些大亨，她从未在近处看过他们，不过有一回，在某个假日，她进城去的时候，曾在远处见到一群穿着华丽无比的人。有些时候，厂工会获准听听受过教育的人怎么说话。他们说话的方式不太一样，表达得比较流畅，词汇较丰富，而声调较轻软。随着愚可的记忆逐渐恢复，他说话的方式越来越像那样。

他第一次开口说话时，她着实吓了一跳。那是他在因头痛而啜泣许久之后，突然间冒出来的。他的发音很奇怪，她曾试图矫正他，他却不愿改过来。

早在那个时候，她已经在担心他会记起太多，然后就会离开她。她只是瓦罗娜·玛区，大家都叫她大块头罗娜。她从未结婚，也永远不会。像她这样壮硕的女孩——有着大脚板以及辛苦工作而磨红的手掌——是永远嫁不出去的。每次休工日的晚宴，当男士对她不闻不问时，她总是以憎恨的目光默默望着他们，那是她唯一能做的事。她的块头实在太大，根本没法冲着他们吃吃笑或抛媚眼。

她永远不能生个小孩来抱抱哄哄。其他女孩一个接一个做了母亲，而她只能挤在一旁，瞥一眼她们怀中的宝宝。宝宝们一律全身红通通、头上光秃秃，有着一对歪扭的双眼，一张湿答答的小嘴，两只小手无力地握着……

“下次轮到你了，罗娜。”

“你什么时候会有宝宝，罗娜？”

她只能把脸别过去。

可是当愚可出现时，他就像个宝宝一样。她得喂他吃东西，照顾他的生活，带他去晒太阳。当头痛折磨他的时候，还得设法哄他入睡。

孩子们总是追在她后面，一面肆意大笑，一面喊道：“罗娜有了个男朋友，大块头罗娜有了个疯男朋友，罗娜的男朋友愚不可及。”

后来，当愚可能自行走动时（他迈出第一步那天，她感到万分骄傲，好像他真的只有一岁大，而不是更像三十一岁），他一个人出去，走到镇内的街上，孩子们立刻把他围起来，冲着他嘻嘻哈哈，大声冷嘲热讽，为的是看一个大人在恐惧中遮起眼睛，畏缩成一团，只能以啜泣回应他们。她有好几十次从屋里冲出来，挥舞着一双巨大的拳头，并对他们大吼大叫。

就连成年男子都惧怕那双拳头。她带愚可到加工厂上工的第一天，工头在背后对他俩的粗鄙评语刚好被她听见，她一记重拳就把工头打趴了。加工厂评议会因此罚扣她一周的薪资，要不是镇长出面替她讲情，指出她曾受到挑衅，他们可能还会送她进城，让她在大亨的法庭中接受进一步审判。

所以她想要愚可停止回忆。她知道自己无法给他什么，而希望他永远维持心灵空白的无助状态，实在是一种自私的想法。只不过从没有人对她如此百般依靠，只不过她害怕再过那种寂寞孤独的日子。

她说：“你确定自己记起来了，愚可？”

“是的。”

他们在田野间停下脚步，太阳将周围的一切都染上火红的色彩。轻柔、幽香的晚风即将吹起，棋盘般的灌溉渠道已开始化成一片紫色。

他说：“当我的记忆重现时，我信得过这些记忆。罗娜，你知道我信得过。比方说，你并没有教我说话，是我自己记起那些字句的。对不对？对不对？”

她勉强答道：“是的。”

“我甚至记得在我能说话之前，你带我到田野间的那些往事。我一直不断记起新的事物，昨天，我想起你曾经为我抓来一只蓟芾蝇。你用两只手把它罩起来，要我将眼睛凑到你的两根拇指之间，好让我能看见它在黑暗中闪耀紫色和橘色的光芒。我哈哈大笑，硬要伸手从你手中把它抓来，结果让它飞走了，害我哭了一场。当时我不知道那是蓟芾蝇，也不知道跟它有关的任何事，可是现在想来一清二楚。你从来没有告诉我这件事情吧，罗娜？”

她摇了摇头。

“但它的确发生过，是吗？我的记忆是真实的吧？”

“是的，愚可。”

“而现在，我记起了自己过去的一件事。一定曾经有个‘过去’，罗娜。”

一定曾经有个“过去”。每当她想到这里，心头就感到一阵沉重。那是个不一样的过去，与他们现在的生活完全不同。那是在另一个世界上，这点她明白，因为蓟芾这个名称他始终想不起来。她必须教他认识这个名称，那代表弗罗伦纳这个世界上最重要的一样东西。

“你到底记起了什么？”她问。

面对这个问题，愚可的兴奋似乎突然消失无踪。他犹豫不决地说：“没有多大的意义，罗娜。只不过我曾经有份工作，而我知道那是什么工作，或多或少知道些。”

“是什么工作呢？”

“我分析‘一场空’。”

她猛然转过头来，凝视着他的双眼，还将手掌按在他的前额一阵子，直到他不悦地将头撇开。她说：“不是又犯头痛了吧，愚可？

你有好几个星期没头痛了。”

“我很好，你不要烦我。”

看到她垂下眼睑，他立刻补充道：“我不是那个意思，罗娜。只是我感觉很好，我不希望你为我担心。”

她随即精神一振。“‘分析’是什么意思？”他知道一些她不懂的词汇。想到他曾是个多么有学问的人，她就感到非常自卑。

他想了一下。“意思就是……意思就是‘拆开来’。你知道的，就像我们会拆开一个分类器，以便找出扫描光束对不准的原因。”

“哦。可是，愚可，怎么有什么也不分析这种工作呢？这根本不算工作。”

“我没有说我什么也不分析，我说我分析‘一场空’，有引号的。”

“那不是同一回事吗？”开始啦，她想。她开始说傻话了，他很快就会受不了而把她甩掉。

“不，当然不是。”他深深吸了一口气，“不过，只怕我自己也无法解释，我记得的只有这么多。但在我的感觉中，那必定是一份重要的工作。我以前不可能是罪犯。”

瓦罗娜心虚了，她实在不该把那件事告诉他。她曾经安慰自己，警告他的目的只是为了保护他；现在她却觉得自己所以那样做，真正的用意是为了将他绑得更紧。

那是他刚开始说话的时候。变化来得太突然，害她吓了一大跳，她甚至不敢把这件事告诉镇长。下一个休工日，她从一生积蓄中取出五个信用点（永远不会有任何男子要她的嫁妆，所以根本没有关系），带愚可去看一个城中医生。她握着一张纸片，上面有医生的姓名与地址。不过即使如此，她还是战战兢兢找了两个小时，才在支撑“上城”的巨柱之间找到那座建筑物。

她坚持要陪在愚可身边，结果看到医生用许多奇怪的仪器，做出各种恐怖的事情。当他将愚可的头放在两块金属中间，使它像晚间的蓟苗蝇一样发出光芒时，她赶紧跳起来试图阻止。医生叫来两个人，费了好大力气才把她拖出去。

医生在半小时后走出来，面对着高大而眉头深锁的她。她在他面前感到坐立不安，因为他是一名大亨，尽管他在“下城”拥有一间诊所。不过他的眼光相当和善，甚至可算是亲切。他正在用一条小毛巾擦手，擦完就丢进垃圾桶里，虽然在她眼中那条毛巾干净得很。

他说：“你是在哪里遇到这个人的？”

她谨慎地把经过情形告诉他，只透露了最基本的梗概，完全没有提到镇长与巡警。

“这么说，你对他一无所知？”

她摇了摇头。“以前的事都不知道。”

他又说：“这个人接受过心灵改造。你知道那是什么吗？”

起初她又摇了摇头，但随即压低声音，生硬地说：“对疯人做的那种事吗，医生？”

“还有罪犯。改造他们的心灵是为了他们好，那样能让他们的心灵恢复健康，或是改变使他们想要偷窃、杀人的那些部分。你了解吗？”

她听懂了。她涨红了脸，对医生说：“愚可从没偷过任何东西，或是伤害任何人。”

“你管他叫愚可？”他似乎觉得挺有意思，“听我说，在你遇到他之前，他曾经做过什么，你又怎么知道呢？从他的心灵目前的状况，我们很难判断。那次改造很彻底、很残酷。我不敢说他的心智有多少被真正除去，又有多少是由于震撼而暂时丧失。我的意思是说，一些时日之后，有些部分会恢复过来，就像他的语言能力，可是并非全部。他应该受到严密监视。”

“不，不，他一定得跟我在一起。我一直把他照顾得很好，医生。”

他皱了皱眉，然后声音变得更温和。“好吧，我是为你着想，姑娘。并非所有的坏心眼都能除去，你不会希望哪天他伤害你吧？”

这个时候，一位护士把愚可带了出来。她还发出一些声音哄他安静下来，就像对待婴儿一样。愚可将一只手放在头上，茫然瞪着前方，直到他的目光聚焦在瓦罗娜身上。然后他伸出双手，虚弱地喊道：“罗娜——”

她一个箭步向他冲去，把他的头搁在自己肩膀上，紧紧地抱住他。她对医生说：“无论如何，他绝不会伤害我。”

医生语重心长地说：“他的病历当然必须报上去。照这种情况看来，他原本必定在有关当局监管之下，我不知道他是怎么逃出来的。”

“这是不是意味着他们会把他带走，医生？”

“只怕就是这样。”

“拜托，医生，别那样做。”她解开手帕，露出五枚亮晶晶的合金信用币。“你可以全部拿去，医生。我会好好照顾他，他不会伤害任何人。”

医生看了看送到他手中的信用币。“你是个厂工，对吗？”

她点了点头。

“他们付你一周多少钱？”

“二点八个信用点。”

他轻轻抛起那些硬币，又把它们攥在手中，激起一下清脆的叮当声。然后，他把硬币送到她面前。“拿去，姑娘，我不收钱。”

她以惊喜的心情收下来。“你不会告诉任何人吧，医生？”

不料他却答道：“只怕我必须那么做，这是法律。”

在回去的路上，她拼命紧紧抓住愚可，带着沉重的心情，驾车横冲直撞。

一周后，超视新闻幕上有一则新闻，说本地某条运输电力束暂时故障时，有位医生在回旋机坠毁的意外中丧生。她觉得死者的名字很眼熟，当天晚上回到家，她取出那张纸片来，结果发现是同一个名字。

她很伤心，因为他是个好人。很久以前，另一名工人向她提到这个名字，说他是个大亨医生，而且对厂工们很好。于是她将纸片收起来，以备紧急时可向他求助。而当紧急情况发生之际，他的确对她很好。但她的喜悦盖过了悲伤，因为他还没有时间告发愚可。至少，从未有人到村镇来进行调查。

后来，当愚可的理解力恢复许多时，她曾经告诉他医生的那番话，好让他乖乖留在镇里，以免被人抓走。

愚可摇着她的身子，将她从冥想中拉回来。

他说：“你没听到我说什么吗？如果我原来有一份重要的工作，我就不可能是个罪犯。”

“难道你不可能做错事吗？”这句话她说得有些迟疑，“即使你以前是个大人物，你也有可能犯错，甚至大亨们……”

“我确定自己没有。可是我必须找出真相，好让别人也能明白，难道你不了解吗？除此之外没有别的办法。我必须离开加工厂和小镇，去发掘自己更多的过去。”

她觉得惊恐感提升了。“愚可！那很危险，你为什么要那样做？即使你以前分析一场空，但找出更多真相为何那么重要？”

“因为我记起了另一件事。”

“另一件什么事？”

他悄声道：“我不想告诉你。”

“你总得告诉什么人，你可能再次忘记。”

他一把抓住她的手臂。“没错。你不会告诉任何人，是吗，罗娜？你只是我的备份记忆，以防万一我又忘掉。”

“当然啦，愚可。”

愚可四下张望一番。这个世界非常美丽，瓦罗娜曾告诉他，在上城有块闪烁的巨大招牌，挂在比上城还要高好几英里的地方，上面写着：“在整个银河中，弗罗伦纳是最美丽的行星。”

当他环顾四周时，他的确相信这一点。

他说：“这是一件可怕的记忆，可是当我的记忆恢复时，我记得的事总是正确无误。它是今天下午浮现的。”

“什么事？”

他凝望着她，脸上布满惊恐的表情。“这个世界上每个人都会死去——弗罗伦纳上每一个人。”

第二章
镇 长

叫门讯号响起时，米尔林·泰伦斯正从书架上取下一册胶卷书。他浑圆的脸庞原本一副深思状，现在则换成较普通的、看起来带有适度谨慎的表情。他用一只手梳过日渐稀疏的红发，同时喊道：“给我一分钟。”

他将胶卷书放回去，按下一个开关，让伪装外壳弹回原位，使得书架与墙壁其他部分无法区分。在他治理的那些单纯的厂工与农工心目中，他们的同胞之一（至少就出身而言）竟然拥有胶卷书，多少是一件值得骄傲的事。这照亮了他们自己贫乏的心灵暗角。然而，他不可以公开展示这些胶卷。

让它们曝光将弄糟许多事，会使他们绝非能言善道的舌头打结。他们平时可能会吹嘘镇长的藏书，但是这些书籍倘若真正呈现在他们眼前，则会使泰伦斯似乎太像一名大亨。

此外，当然还得顾虑那些大亨。要说他们有哪位会到他家来拜访他，那是极其不可能的事。可是万一任何一位闯进来，让他见到一列胶卷书就是不智之举。他是个镇长，依据惯例拥有若干特权，可是他绝不能对人炫耀。

他又喊道："我来啦！"

这回他一面走向大门，一面压下短袖衣上端的接缝。就连他的服装也有几分大亨模样，有时他几乎忘记自己出生在弗罗伦纳。

瓦罗娜·玛区站在门前的阶梯上，对他尊敬地屈膝、低头打招呼。

泰伦斯推开门。"进来，瓦罗娜，坐下来。宵禁已经开始，我希望巡警没看到你。"

"我想应该没有，镇长。"

"好吧，但愿如此。你的记录不佳，这你是知道的。"

"是的，镇长。您过去对我所做的一切，我非常感激。"

"别放在心上。来，坐下来。你想不想吃点或喝点什么？"

她在一张椅子的边缘坐下，背部挺得笔直。然后她摇了摇头，答道："不了，谢谢您，镇长，我吃过了。"

招待客人茶点是镇民的礼貌，接受主人的款待却是不礼貌的。泰伦斯知道这一点，因此并未勉强她。

他说："好吧，有什么麻烦，瓦罗娜？又是愚可吗？"

瓦罗娜点了点头，但似乎难以解释下去。

泰伦斯又问："他在加工厂有麻烦吗？"

"不是的，镇长。"

"又犯头痛了？"

"不是的，镇长。"

泰伦斯等了一会儿，他淡色的眼睛渐渐眯起来，眼神变得更加锐利。"好啦，瓦罗娜，你总不会要我来猜你的麻烦吧，是吗？来吧，说出来，否则我无法帮助你。我想，你的确需要帮助。"

她先说："是的，镇长。"然后又脱口而出，"要我怎么告诉您呢，镇长？这听来几乎是疯话。”

泰伦斯有一股拍拍她肩膀的冲动，但他知道她会缩回身子，不让自己碰到她。她像平常那样坐着，将一双大手尽可能埋进衣服里。他注意到她粗短强壮的十指交缠着，缓缓扭来扭去。

他说：“不论是什么事，我都会听。”

“您还记不记得，镇长，我曾经告诉您城中医生的事，还有他说的话？”

“我没忘记，瓦罗娜。而且我还记得特别嘱咐过你，今后再也不要背着我做任何像那样的事。你还记不记得？”

她张大了眼睛。不需任何提醒，她便能想起他的愤怒。“我再也不会做那样的事，镇长。只不过我想提醒您，您曾说过会尽一切力量帮我保住愚可。”

“我会这样做的。好啦，那么，巡警有没有问起他？”

“没有。哦，镇长，您认为他们可能会吗？”

“我确定他们不会。”他渐渐失去耐心，“来吧，瓦罗娜，告诉我出了什么问题。”

她现出忧郁的眼神。“镇长，他说他将要离开我，我要您阻止他。”

“他为什么要离开你？”

“他说他开始记起一些事。”

泰伦斯立刻显得有了兴趣。他倾身向前，几乎要伸手抓住她的手。“记起一些事？什么事？”

泰伦斯还记得愚可最初被发现的经过。那天，他看到许多小孩聚在镇外一条灌溉渠附近。他们扬起尖锐的声音，高声叫唤他。

“镇长！镇长！”

他马上跑过去。“怎么回事，拉西？”他来到镇上后，就把熟记小孩的名字当成一件公事。这样能给母亲们带来好感，使他头一两个月的工作顺利些。

拉西露出一副恶心状：“看这里，镇长。”

他指着一团缓缓蠕动的白色物体，那正是愚可。其他男孩立刻扯开喉咙，七嘴八舌试图解释。泰伦斯勉强听懂了，他们刚才在玩一种躲藏与追逐的游戏。他们热心地告诉他游戏的名称、经过情形，以及他们是在哪个阶段被打断的。其中还夹杂着少许口角，争论究竟哪个人或哪一方“领先”。当然，这些全都不重要。

那个叫拉西的十二岁大的黑发男孩最先听到有呜咽声，于是小心地朝那个方向走去。他原本以为是一只动物，或许是只田鼠，那就可以好好捕猎一番。结果他发现了愚可。

面对这个奇异的景象，每个男孩都怔住了，这实在很恶心，但又实在十分有趣。那是个成年人，几乎全身赤裸，下巴淌着口水，正在无力地啜泣，双手双脚则毫无目的地扯动。他脸上长满胡楂，一对失去光泽的蓝眼珠胡乱溜来溜去。有那么一会儿，那双眼睛捕捉到泰伦斯的目光，便似乎开始聚焦。然后，那男子缓缓举起拇指，塞进自己的嘴巴。

其中一个小孩哈哈大笑：“看看他，镇长，他在吸手指头。”

突如其来的叫喊吓坏了这个趴在地上的人。他的脸开始涨红，五官扭成一团。接着传来一阵微弱的、并未伴随着眼泪的哀鸣，但他的拇指还留在嘴里。他举起的手掌沾满污泥，只有那根湿润的拇指呈粉红色。

泰伦斯从惊呆状态中回过神来，开口道：“好啦，听着，孩子们。你们不该在蓟蒿田里乱跑，这样会弄坏作物。要是给农工抓到，你们知道会有什么后果。走吧，不要宣扬这件事。听好，拉西，你跑去找坚卡斯先生，要他赶紧到这里来。”

兀尔·坚卡斯是镇上最接近医生的人物。他曾在城中一位医生的诊所里当过一段时期学徒，由于这份经验，免除了他在田地或加工厂的工作义务。这项安排还不错，他会量体温、开药方、打针；而最重要的是，他能判断什么毛病够严重，需要送到城中的医院去。若是没有这样一个半专业的后盾，那些不幸罹患脊髓膜炎或急性阑尾炎的人，可能就有苦头吃了，只是通常时间不会太久。事实上，领班们都对坚卡斯议论纷纷，就差没正式指控他是装病怠工的共犯。

坚卡斯帮泰伦斯把那人抬到一辆滑板推车上，两人再以尽可能谨慎的行动将他带回镇里。

他们一起动手，洗掉粘在那人身上的干硬污垢。他的头发并不需要特别处理，在进行身体检查时，坚卡斯顺便将那人全身的毛发剃掉，并且做了他能做的每一件事。

坚卡斯说："我看不出有什么感染，镇长。他未曾断粮，肋骨没有突出多少。本人想不通这究竟是怎么回事。他是怎么到那里去的，你说呢，镇长？"

他以悲观的语调提出那个问题，仿佛并不指望泰伦斯能给出任何回答。泰伦斯以达观的态度接受这个事实，镇民刚刚失去相处近五十年的老镇长，一个年轻的新人必定会经历一段过渡期。他们当然会怀疑他、对他缺乏信心，但这绝非冲着他个人而来。

泰伦斯说："只怕我也不晓得。"

"他无法走动，你该知道，一步也不能走，一定是被别人放在那里的。根据我的最佳判断，他简直像个婴儿，其他一切能力似乎都消失了。"

"有什么疾病会导致这种现象？"

"据我所知没有。虽说心智障碍可能就会，但我对这方面一窍不通。真是心智障碍的话，我得把他送到城里。你见过这个人吗，镇长？”

泰伦斯微微一笑，柔声答道：“我到这里才一个月。”

坚卡斯叹了一口气，伸手去取手帕：“是啊。老镇长是个好人，他让我们过好日子。本人在此地将近六十年了，从来没见过这家伙。一定是从别的村镇来的。”

坚卡斯是个胖子，看来像是一出生就那么胖，再加上他一生从事室内工作，不难理解他为何说几个字就得呼一口气，还频频用红色的大手帕猛擦光润的额头。

他说：“不知道到底该对巡警怎么解释。”

不久巡警果然来了，这是不可能避免的事。孩子们会告诉他们的父母，父母会再告诉其他人。小镇的生活十分平静，即使这种小事也很不寻常，值得大家互相转告。而在它传遍大街小巷之际，巡警们想不听到也难。

所谓的巡警就是弗罗伦纳巡逻队的成员。他们并非弗罗伦纳当地人，却也不是那些萨克大亨的同胞。他们不过是一群佣兵，只要有薪水就会服从命令。这些外籍佣兵与弗罗伦纳人没有任何血缘关系，因此绝不会受到不当影响而对他们产生同情。

前来调查的巡警有两名，他们是由加工厂的一名领班陪同前来的。那领班把自己一丁点的权威发挥得淋漓尽致。

两名巡警显得既不耐烦又漠不关心。一个失心的白痴或许是当天工作的一环，却并非有趣的一环。其中一名巡警对领班说：“好啦，你做个指认要花多少时间？这名男子是谁？”

领班使劲摇头。“我从没见过他，长官。他不是这里的人！”

那名巡警转向坚卡斯：“他身上有任何证件吗？”

“没有，长官。他原来只围着一块破布，为了预防感染，已经把它烧了。”

“他有什么问题？”

“心智丧失，我能做的最佳判断。”

泰伦斯这时把两名巡警带到一边。由于他们相当不耐烦，因此相当好讲话。发问的那名巡警把笔记簿收起来，说道：“好啦，这甚至不值得做成记录。事情和我们毫无关系，你们自己设法解决。”

然后他们就离开了。

那个领班没有跟着走。此人脸上有些雀斑，头发是火红色，留着两撇又粗又硬的八字胡。在严苛的规定下，他已经当了五年的领班，这意味着他肩头的责任重大，要保证加工厂的产量每季都达到定额。

“听好，”他以粗暴的口气说，“这件事该怎么办？那些混账工人忙着议论纷纷，他们都没在工作。”

“送他到城中医院去，我能做的最佳判断。”坚卡斯一面说，一面奋力挥动手帕，“我束手无策。”

“送进城去！”领班吃了一惊，“谁来付钱？谁该负担费用？他不是我们的人，对不对？”

“据我所知不是。”坚卡斯承认。

“那我们为什么该付钱？找出他是谁的人，让他的村镇来付。”

“我们要怎么找出来？你告诉我。”

领班一面思索，一面伸出舌头舔弄粗糙而红润的上唇。“那么我们只需要把他解决掉，像那名巡警说的那样。”

泰伦斯插嘴道：“给我听好，你这话是什么意思？”

领班答道：“他还不如死了的好，那算是他的运气。”

泰伦斯说：“你不能杀害一个活生生的人。”

"那么请你告诉我该怎么做。"

"难道不能找个镇民照顾他吗?"

"谁要干?你要吗?"

泰伦斯并未理会这个公然无礼的态度:"我还有别的工作。"

"其他人也都一样。我不能让任何人放下加工厂的工作,来照顾这个疯子。"

泰伦斯叹了一声,不带任何火气地说:"好了,领班,让我们讲讲理。如果你这一季没能达到定额,我或许会假设是因为你手下一名工人在照顾这个可怜家伙,而我会帮你向那些大亨解释。否则的话,万一你真没达到,我会说我不知道你有任何理由。"

领班气得瞪大眼睛。这位镇长来到此地才一个月,已经开始干涉住在镇上一辈子的人。话说回来,他手中握有大亨这张王牌,与他公然作对太久是不智之举。

于是他说:"可是谁要照顾他呢?"一阵恐怖的疑虑突然袭向他,"我可不能。我自己有三个小孩,而且我老婆身体不太好。"

"我没说该由你负责。"

泰伦斯向窗外望去。巡警离开之后,挤来挤去、窃窃私语的人群便凑近镇长的住宅。他们大都是小孩子,尚未达到工作年龄;其他几人则是附近农地的农工,以及一些轮休的厂工。

泰伦斯看到站在人群边缘的那个大个子女孩。过去一个月来,他常常注意她——结实、能干而勤奋,在不讨人喜欢的外表下隐藏着天生的聪慧。假使她是个男子,有可能获选接受镇长养成训练,可惜她是个女的。父母双亡的她外表过于平庸,因而无法享受浪漫。换句话说,她是个孤独寂寞的女子,而今后很可能始终如此。

他说:"她怎么样?"

领班看了一眼,随即咆哮道:"妈的,她现在应该上工。"

“没有关系。”泰伦斯劝道，“她叫什么名字？”

“瓦罗娜·玛区。”

“对啦，现在我想起来了。把她叫进来。”

从那一刻开始，泰伦斯成了他俩的非正式监护人。他尽可能为她提供超额的口粮、布票，以及靠一份收入维生的两个成人（其中之一没有登记）所需的一切。他还尽力帮助她，让她能送愚可接受蓟蒂加工厂的训练；瓦罗娜与一名工头冲突之际，他也出面使她避免受到更大的惩罚。由于城中医生意外死亡，让他不必采取更进一步的行动，不过当时他已做好准备。

无论瓦罗娜遇到任何麻烦，前来向他求助都是很自然的事。现在，他正等着她回答自己的问题。

瓦罗娜仍在犹豫。最后她终于说：“他说这个世界上每个人都会死。”

泰伦斯看来吃了一惊：“他有没有说为什么？”

“他说他也不知道为什么；只说他是从他变成，您知道的，变成这样之前的记忆中想起的。他还说记得自己曾有一份重要的工作，可是我不了解那是什么。”

“他怎样形容那份工作？”

“他说他分……分析‘一场空’，有引号的。”

瓦罗娜等待对方发表意见，又连忙解释：“分析的意思是把什么东西拆开来，就像……”

“我知道那是什么意思，姑娘。”

瓦罗娜焦急地望着他。“您知道他是什么意思吗，镇长？”

“也许吧，瓦罗娜。”

“可是，镇长，一个人怎能对一场空做些什么呢？”

泰伦斯站了起来，露出短暂的笑容。“啊，瓦罗娜，你不知道整个银河万事万物主要都是一场空吗？”

看来瓦罗娜并没有开窍，但是她接受了这个说法，因为镇长是个非常有学问的人。她突然确信她的愚可甚至更有学问，这为她带来一阵意想不到的骄傲。

“来吧。”泰伦斯对她伸出手。

她问道：“我们要到哪儿去？”

“嗯，愚可在哪里？”

“家里，”她说，“在睡觉。”

“很好，我送你回去。你想要巡警发现你一个人在街上吗？”

小镇在夜间似乎毫无生气。将工寮区一分为二的唯一一条街，沿途的路灯只发出微弱的光芒。空中飘着少许雨滴，但那只是几乎每晚都会下的温暖细雨，没必要做特别的预防措施。

上工日的夜间，瓦罗娜从未这么晚出来过，这种气氛十分吓人。她尝试着尽量压低自己的脚步声，同时注意倾听远处可能出现的巡警的脚步声。

泰伦斯说：“别再试图蹑手蹑脚，有我跟你在一起。”

他的声音在一片静寂中隆隆作响，害得瓦罗娜吓了一跳。在他的催促下，她赶紧向前走去。

瓦罗娜的小屋与其他房舍同样黑暗，他们必须小心翼翼地走进去。泰伦斯就是在这种小屋出生、长大的，虽然他后来在萨克上住过，如今的住宅也拥有三个房间与卫浴设备，但是对于这种家徒四壁的小屋，他仍有一份怀旧的情感。一个房间就能满足一切需要：一张床、一个五斗柜、两把椅子；脚下是灌水泥的平滑地面，墙角处还有一个衣橱。

屋里没有必要装置烹饪设备，因为三餐都在加工厂解决；也没有必要建造浴室，因为这些屋子后面有一排公用厕所与淋浴间。此地气候温和，没有四季变化，窗户不是用来阻挡寒气或风雨的。四面墙壁都有装着纱窗的孔洞，而上方的屋檐足以屏蔽夜晚无风的绵绵细雨。

泰伦斯握着一支小型电筒，在它的光芒照耀下，他看到一扇破烂屏风将房间的一角围起来。他记得那是不久前，当愚可变得不再像小孩，或者说更像成人时，他特地为瓦罗娜张罗来的。此时，他能听见屏风后面传来均匀的鼾声。

他朝那个方向点了点头。“把他叫醒，瓦罗娜。”

瓦罗娜轻轻敲了敲屏风。“愚可！愚可，宝宝！”

回应她的是轻微的惊叫声。

“是我，罗娜。”瓦罗娜说完，两人就绕过屏风。泰伦斯用小电筒照了照他们自己的脸，然后又照向愚可。

愚可举起一只手臂挡住强光。“怎么回事？”

泰伦斯坐到床沿，他注意到愚可睡在工寮原有的床上。当初，他帮瓦罗娜弄来一张破旧且有些摇晃的小床给愚可，可是她把那张小床留给了自己。

“愚可，”他道，“瓦罗娜说你开始记起过去的事。”

“是的，镇长。”愚可在镇长面前总是非常谦卑，此人是他见过的最重要的人物，即使加工厂的监工也对镇长客客气气。于是，愚可将这天想起的零星记忆重复了一遍。

泰伦斯说：“你把这些告诉瓦罗娜之后，还有没有记起其他任何事？”

“没有了，镇长。”

泰伦斯双手的手指互相搓揉：“好吧，愚可，继续睡觉。”

瓦罗娜跟他走到屋外。她尽可能不让自己的脸孔扭曲，只是用粗糙的手背拭过双眼。“他必须离开我吗，镇长？”

泰伦斯抓住她的双手，严肃地说：“你一定要像个成年人，瓦罗娜。他必须跟我离开一阵子，但是我会带他回来的。”

“然后呢？”

“我不知道。你必须了解，瓦罗娜，如今世界上最重要的一件事，就是找出愚可更多的记忆。”

瓦罗娜突然说：“您的意思是弗罗伦纳上每个人都可能死去，像他说的那样？”

泰伦斯双手抓得更紧：“千万别对任何人说，瓦罗娜，否则巡警真有可能把愚可抓走，让你再也见不到他，我是说真的。”

说完他便转身，慢慢地、若有所思地走回宿舍，并未注意到他的双手正在发抖。他辗转反侧无法成眠，一小时后，他开始调整“昏迷场”。那是当初他从萨克回到弗罗伦纳就任镇长时，随身携带的几件物品之一。它刚好罩住他的头颅，就像一顶薄的黑毡帽。他将控制钮调到五小时，并按下了开关。

在延迟数秒的响应出现之前，他还有时间在床上好好调整睡姿。然后，昏迷场便使大脑的意识中枢短路，瞬间将他带进一场无梦的睡眠。

第三章
图书馆员

他们将反磁滑板车寄存在城外的一个停车间。这种滑板车在城中很少见，泰伦斯不希望吸引不必要的注意。他忿忿地想到上城的那些居民，还有他们的反磁地面车与反重力回旋机。不过那是上城，一切都不一样。

愚可等着泰伦斯锁起停车间并加上指纹封。他穿着全新的单件外套，感觉有点不舒服。然后，他不大情愿地跟着镇长向前走，穿过了第一座支撑上城的高大桥状建筑。

在弗罗伦纳上，其他的城市都有名字，唯独这座城就叫做“城”。在整个行星其他居民的心目中，住在城里与近郊的工人与农人是幸运儿。城里有较好的医生与医院，较多的工厂与较多的贩酒商店，甚至多了些最普通的奢侈。此地居民自己却不认为有多了不起，因为他们生活在上城的阴影下。

上城完全名副其实，因为这座城有上下两层，被一层水平结构硬生生一分为二。这层五十平方英里的结构由水泥合金制成，架在大约二万根钢梁支柱上。阴影底下住的是“当地人”，在上面享受阳光的则是大亨。置身上城时，很难相信它位于弗罗伦纳这颗行星上。上城的居民几乎一律是道地的萨克人，此外还有稀稀落落的巡警，他们是不折不扣的上层阶级。

泰伦斯认识路，他走得很快，避开了路人的目光。那些人都带着嫉恨交织的心情，打量着他的镇长制服。愚可的腿比较短，他只顾得不要落后，因此步伐没那么威严。以前他只来过城里一次，但是没有留下太多记忆。现在一切似乎相当不同，上次是个阴天，这回有了太阳。阳光从上面水泥合金的间隔孔洞射下来，在下面形成一条条的亮带，而两两亮带之间也就更加阴暗了。他们以节奏性的、几乎具有催眠效应的步调，穿过一个又一个明亮地带。

许多老年人坐在轮椅上，在亮带里享受温暖的阳光，并随着亮带逐渐移动。有时他们会沉沉睡去，因而滞留于阴影中，直到轮椅自动变换位置的噪音将他们吵醒。还有些母亲推宝宝出来晒太阳，她们的婴儿车偶尔会将亮带几乎挤满。

泰伦斯说："听着，愚可，站好，我们要上去了。"

他们站在一座方形建筑之前，它占满四根支柱之间的空间，向上一直延伸到上城。

愚可说："我怕。"

愚可猜得出这座建筑是什么，它是一座直达上层的升降机。

这些升降机当然是必要的设备。生产在底下进行，而消费则在上层。基本的化学原料与食品原料运到下城，制成的塑质器皿与精致餐点则供上城享用。下面负责孕育过剩的人口；女佣、园丁、司机、建筑工人则为上面服务。

泰伦斯毫不理会愚可表现出的恐惧，他惊讶的是自己的心脏跳得如此猛烈。那当然不代表恐惧，而是一种强烈的满足感，因为他就要上去了。他将踩遍整片神圣的水泥合金，在它上面用力跺脚，把鞋底的泥土刮在上面。身为一位镇长，他可以那样做。当然，在大亨的眼中，他仍然只是个弗罗伦纳当地人。不过他是镇长，因此可以随时踩到那片水泥合金上。

银河啊，他可真恨他们！

他停下脚步，坚定地吸了一口气，然后按下按钮召唤升降机。恨意于事无补——他曾在萨克待了好多年；在萨克本土——大亨的聚集中心与他们的发源地。他学会了忍气吞声，现在他不该忘记学到的教训。任何时候都好，现在绝不可忘。

他听到升降机的嗡嗡声抵达下层，面前的整面墙便沉到地底的凹槽中。操作升降机的当地人一副厌恶的表情。“只有你们两人吧？”

“只有两位。”泰伦斯一面说，一面走进去，愚可跟在他后面。

操作员并未准备将墙壁升到原先的位置。他说：“我看你俩可以等等两点钟的货物，和它一起升上去。我不该为两个人就让这东西上上下下。”他仔细吐了一口痰，以便确定落点是下层的混凝土，而不是升降机的地板。

他继续说：“你的工作证在哪里？”

泰伦斯说：“我是个镇长，你从我的制服看不出来吗？”

“制服没有任何意义。听着，你以为我会因为可能是你在哪里捡来的一套制服，就冒着丢掉工作的危险？你的证件卡呢？”

泰伦斯二话不说，便出示了所有当地人必须随时携带的证件夹，里面有登记号码、工作证书、税务收据等等。他翻到插着深红的镇长执照那一页，操作员很快瞄了一眼。

“好吧，这或许也是你捡来的，但这不关我的事。你有证明，我就让你过关，虽然在我看来，镇长只是当地人的一项虚衔。另外那家伙又是什么人？”

“他由我负责，”泰伦斯说，“他可以跟着我。我们要不要叫个巡警来，查一查法规究竟如何？”

泰伦斯绝不愿这样做，但他却以适度的傲慢如此建议。

“好啦！你犯不着生气。”升降机的舱壁向上升起，在一下晃动之后，升降机就开始爬升。操作员还阴狠地低声咒骂不停。

泰伦斯露出生硬的笑容。这几乎是无可避免的事，那些直接在大亨手下办事的人，非常喜欢将自己视同统治者。而他们补偿自卑感的方法，就是比主子更加坚持隔离法规，并以严苛且高傲的态度对待自己的同胞。他们是所谓的“上层人”，其他的弗罗伦纳人对他们有一股特别的恨意，这与仔细调教出来的对大亨的敬畏毫无关系。

两层之间的垂直距离只有三十英尺，但是当升降机门再度开启时，眼前却是一个新世界。上城与萨克本土的城市一样，其设计特别着眼于色彩。每一座建筑物，不论是住宅或公用大楼，外表都镶嵌着色彩繁复的拼嵌画。这些图案近看是毫无意义、乱七八糟的一团，但是在一百码外，就能看出许多组柔和的色调，而且会随着观看角度融解与重组。

“来吧，愚可。”泰伦斯说。

愚可睁大眼睛东张西望，看不见任何活生生的东西！只有一大堆五颜六色的巨石，他从来不知道房屋可以有这么大。愚可心中突然抽动一下，前后有一秒钟的时间，这些庞然大物不再那么陌生……然后，那段记忆便再度封闭起来。

一辆地面车疾驰而过。

“那些是大亨吗？”愚可悄声问。

他们只有瞥一眼的时间。那些人的头发修剪得很仔细；衣服有蓝有紫，都是光泽的单一色彩，袖子宽大而过分抢眼；灯笼裤的质料看来是天鹅绒；半透明的长袜闪闪发亮，仿佛是细铜线织成的。

他们甚至懒得看愚可与泰伦斯一眼。

“是年轻的大亨。”泰伦斯答道。自从离开萨克后，他从未与他们有如此近距离的接触。他们在萨克上已经够坏了，但至少不会无法无天。这里只比地狱高三十英尺，不是适合天使居住的地方。他再度扭动了一下，试图压抑恨意引起的颤抖。

一部双人平底车来到他们身后，发出一阵嘶嘶声。那是一部新型的平底车，拥有内建的气流控制器。此刻，它正在离地表两英寸之处平稳地掠过。它闪亮的平底边缘全部向上卷，以便减少空气阻力。即使如此，它的下侧切过空气时，仍会发出特有的嘶嘶声，足以代表上面坐的是巡警。

像所有的巡警一样，他们块头很大，拥有宽阔的脸庞、平板的脸颊、长直的黑发、淡褐的肤色。对当地人而言，每位巡警看起来都一模一样。他们穿着乌黑光亮的制服，衬托着皮带环与各处饰扣的耀眼银光，令他们的面部特征相形失色，且加深了一个模子塑出来的印象。

其中一名巡警坐在驾驶台上，另一名从车子的边缘轻巧地跳下来。

他说：“证件夹！”他以机械化的动作很快看了看，立刻将它交还泰伦斯，“你到这里有何公干？”

“我准备去图书馆查资料，长官。我拥有这项特权。”

那名巡警转向愚可。“那么你呢？”

“我……”愚可吞吞吐吐。

“他是我的助手。”泰伦斯抢着回答。

“他没有镇长的特权。”那名巡警说。

“我会对他负责。”

巡警耸了耸肩。“那就是你的责任了。镇长拥有特权，但他们不是大亨，记住这一点，小子。”

“是的，长官。对了，能否指点我如何到图书馆去？”

巡警用细长、可怕的针枪枪管为他指点方向。从他们现在站的角度看来，图书馆是个闪耀的朱红斑块，越高的楼层色彩越深越红。当他们逐渐接近时，深红色的部分便逐渐下降。

愚可突然激动地说：“我认为它很丑。”

泰伦斯立刻对他投以讶异的目光。他在萨克时对这一切已习以为常，但他也觉得上城这种夺目的色彩有些庸俗。话说回来，上城比萨克更像萨克。在萨克上，并非所有的人都是贵族。甚至也有贫穷的萨克人，有些几乎不比普通的弗罗伦纳人好多少。

而这里住的都是人上人，图书馆便将这点表露无遗。它甚至比萨克上大多数图书馆还大，远超过上城的需要，这显示了廉价劳工的好处。泰伦斯在通向正门的弯曲坡道前驻足。坡道的色彩结构让人产生阶梯的错觉，使愚可有些困惑，差点摔了一跤。不过它为图书馆带来古色古香的氛围，学术性建筑物习惯上都是这样。

主厅是个巨大而严肃的建筑，几乎空无一人。里面只有一张办公桌，坐在后面的图书馆员看来好像鼓胀的豆荚中一粒又小又皱的豌豆。她抬起头来并微微起身。

泰伦斯随即道：“我是个镇长，拥有特权，我对这个当地人负责。”他已经准备好证件，将它们一一放在面前。

图书馆员重新坐下，露出一副严肃的表情。她从一个槽孔中取出一张金属片，递给了泰伦斯。镇长用右手拇指使劲按了一下，馆员便将金属片收回去，放进另一个槽孔，引起了一阵短暂的暗淡紫光。

她说：“二四二室。”

“谢谢你。”

正如任何无尽的长链一样，二楼整排小隔间显得冰冷而缺乏个性。有些隔间已有人使用，它们的玻璃门变成不透明的毛玻璃；但大多数都是空的。

“二、四、二。”愚可的声音有些尖锐。

“怎么回事，愚可？”

“我不知道，我感到非常兴奋。”

“曾经来过图书馆吗？”

“我不知道。”

泰伦斯将拇指按在一个铝质圆盘上，五分钟以前，这个圆盘刚接受过他的指纹资料。晶莹的玻璃门随即转开，等到他们走进去之后，那扇门又悄悄关上，而且仿佛拉下一重帷幕，整块玻璃立即变作不透明。

房间的长宽都是六英尺，由漫射的屋顶灯光负责照明，还有抽风设备负责送风。里面没有任何窗户或装饰，有的只是一张两端顶住两道墙的书桌，以及书桌前一把有布套而无椅背的长椅。书桌上有三台“阅读机”，它们的正面是一块毛玻璃，一律向后倾斜三十度角。每台阅读机前都有各式各样的控制盘。

“你知道这是什么吗？”泰伦斯坐下来，将柔软而胖嘟嘟的手放在其中一台阅读机上。

愚可也坐了下来。

“书吗？”他热切地问道。

“嗯，”泰伦斯似乎并不确定，“这里是图书馆，所以你的猜测没有多大意义。你知道如何操作阅读机吗？”

“不，我想不会，镇长。”

“你确定吗？稍微再想一想。”

愚可认真地试了试。“很抱歉，镇长。”

“那么我来教你。注意听！首先，你看，这里有个标示着‘目录’的旋钮，上面还印着字母。因为我们最先要查的是百科全书，所以我们把旋钮转到E，然后向下按。”

立刻有好几件事同时发生。毛玻璃亮了起来，上面还出现字迹。随着屋顶灯光逐渐变暗，字迹成了显现在黄色背景上的黑色字体。每台阅读机前方都伸出一块光滑的平板，好像是吐出来的舌头，每块平板正中都有一条紧致的光束。

泰伦斯拍向一个捺跳开关，那些平板便缩回原来的凹槽中。

他说：“我们不要做笔记。”

接着他又继续说：“现在我们可以旋转这个钮，浏览所有E字头的书单。”

一长串按照字母排列的资料开始向上挪动，其中包括书名、作者、编目号码，最后停在列有许多册百科全书的部分。

愚可突然说：“你想要哪本书，就用这些小按钮按下号码和字母，屏幕上便会显现出来。”

泰伦斯转向他：“你怎么知道？你记得吗？”

“我也许记得，但我不确定，只是似乎这么做才对。”

“好吧，就算是个聪明的猜测。”

他敲下一组字母与数字的组合。玻璃上的光芒随即转暗，接着又大放光明，上面映着：“萨克百科全书，第五十四册。”

泰伦斯说：“现在听好，愚可，我不想把任何想法灌输给你，所以我不会告诉你我在想什么。我只要你把这一册浏览一遍，碰到似乎熟悉的东西就停下来。你了解吗？”

“了解。”

“很好，慢慢来吧。”

几分钟之后，愚可突然喘了一口气，同时将控制盘向后转。

当他停手的时候，泰伦斯看了看标题，显得很高兴。“现在你记起来了？这不是猜的吧？你记得吗？”

愚可使劲点了点头：“我突然想到的，镇长，非常突然。”

那是讨论“太空分析”的文章。

“我知道它说些什么，”愚可道，“你等着看，你等着看。”他激动得无法正常呼吸，而泰伦斯几乎同样兴奋。

“看，”愚可又说，“总是有这么一段。”

他将文章高声朗读出来，口气有些迟疑，但可算是相当娴熟。虽然瓦罗娜曾教过他一些粗浅的阅读，却绝对无法使他达到这个水准。那篇文章说：

“我们不难了解，太空分析员就气质而言，都是内向而且通常适应不良的人。将成年的大部分时光都花在记录星际间可怕的虚无上，这种孤独不是全然正常的人能忍受的。或许由于对这一点有些体认，太空分析学院才会采用稍带挖苦的一句话——‘我们分析一场空’——作为它的正式口号。”

愚可读完之后，几乎发出一声尖叫。

泰伦斯说：“你了解刚才读些什么吗？”

小个子愚可抬起头来，双眼射出炽烈的光芒：“上面提到‘我们分析一场空’，那正是我记得的，我曾是他们的一分子。”

“你以前是个太空分析员？”

“是的。”愚可叫道，然后又低声说，“我头痛。”

“因为你一直在回忆？”

“我想是吧。”他抬起头来，眉头皱成一团，“我一定得记起更多的事。有一场危机，天大的危机！我不知道该怎么办。”

“图书馆任我们使用，愚可。”泰伦斯一面仔细张望，一面衡量着要说的话，“你自己利用目录，查一查有关太空分析的文章，看看能引导你想到些什么。”

愚可冲到阅读机前面，身子明显在发抖。泰伦斯赶紧站开，为他腾出位子来。

“瑞吉特的《太空分析仪器专论》如何？”愚可问道，“听来合不合适？”

“一切由你决定，愚可。”

愚可敲下编目号码，屏幕立刻亮起一行稳定的字迹：“请向图书馆员查询本书。”

泰伦斯迅速伸出手，消掉屏幕上的字迹：“最好试试另一本，愚可。”

“可是……”愚可犹豫了一下，便服从了命令。他又在目录中搜寻一番，最后选择的是恩宁的《太空组成成分》。

屏幕再度亮起向图书馆员查询的要求。泰伦斯骂道：“妈的！”又将屏幕上的字迹消去。

愚可说：“怎么回事？”

泰伦斯说：“没什么，没什么。你不要惊慌，愚可。我只是不大了解……”

阅读机的侧面有个罩着网格的小型扬声器，图书馆员细弱、冷淡的声音突然从那里传来，把他们两人吓了一跳。

“二四二室！二四二室有没有人？”

泰伦斯粗声答道：“你有什么事？”

那声音说：“你究竟要哪本书？”

“都不要，谢谢你，我们只是在测试阅读机。”

接下来是短暂的沉默，仿佛在进行一场无形的商议。然后，那个声音以更尖锐的口气说：“记录显示有人索阅瑞吉特的《太空分析仪器专论》，以及恩宁的《太空组成成分》。是否正确？”

“我们刚才随便敲了几个编目号码。”泰伦斯说。

“我能否请问你们索阅这些书的理由？”那个声音咄咄逼人。

“我告诉你我们不要……你别这样。”后面半句是气呼呼地对愚可说的，他已经开始低声啜泣。

又顿了一下之后，那声音再说：“如果你们下楼，到柜台这里来，就能取得这两本书。它们列在限阅清单上，你们需要填一份表格。”

泰伦斯伸手抓起愚可。“我们走。”

“也许我们违反了什么规定。”愚可颤声道。

“胡说，愚可，我们走了。”

“我们不要填表了吗？”

“不了，我们改天再来取那些书。”

泰伦斯匆匆离去，拉着愚可跟他一块走。当他大步走到主厅时，图书馆员抬起头来。

“喂，喂。”她一面叫，一面起身绕过办公桌，“等一下，等一下！”

他们没有停下来。

不料一名巡警突然拦住他们的去路：“你们走得可真匆忙，小伙子。”

图书馆员追上他们，有点上气不接下气：“你们是二四二室，对不对？”

“我问你，”泰伦斯以坚定的口气说：“为什么要拦住我们？”

“你们不是索阅几本书吗？我们想要拿给你们。”

“时间太晚了，改天吧。你难道不明白我不想要那些书了吗？我明天再来。”

“这间图书馆，”女馆员一本正经地说，“随时尽力满足使用者的需要，那两本书马上会为你们准备好。”说到这里，她的面颊浮现两朵红晕。她一个转身，便向一扇小门冲去，那扇门随即自动开启。

泰伦斯说：“长官，可否请你……”

那名巡警却举起长度适中但重量加大了的神经鞭。它能当做十分称手的警棍，同时也是令敌人麻痹的中距离武器。他说：“好啦，小伙子，你为何不安静地坐着，等着那位女士回来？这样做才有礼貌。”

那名巡警年纪已经不轻，身材也不再苗条。他看来接近退休年龄，也许为了混完最后几年，才会当个轻松悠闲的图书馆警卫。可是他仍有武器，而且黝黑脸孔上的开朗带着虚伪的成分。

泰伦斯的额头湿了，他还能感到汗水累积在脊柱底端。反正他是低估了情势——他曾十分肯定自己对这一切的分析，现在却遇到这种局面。他当初不该如此鲁莽；坏就坏在那该死的欲望，令他想要侵入上城，像个萨克人那样大摇大摆走过图书馆的回廊……

在走投无路之下，他正准备对巡警发动攻击。然后，完全出乎意料之外，他已经没有必要那样做。

那只是电光石火的一瞬间。巡警转头的动作晚了点，由于上了年纪，他的反应不再那么迅速。他紧握的神经鞭被扭下来，重重打在他的太阳穴上。他只来得及发出半声嘶哑的惨叫，便立即应声倒地。

愚可发出喜悦的尖叫，泰伦斯则叹道：“瓦罗娜！萨克的魔鬼有灵，竟然是瓦罗娜！”

第四章
叛逆

泰伦斯几乎立刻恢复过来。

他说:“出去，快啊！”说完便迈开脚步。

他曾有片刻的冲动，想要将那个不省人事的巡警拖到主厅一列柱子后面藏起来，可是显然没有时间。

他们来到坡道上，午后的太阳为整个世界带来光明与温暖，上城的色彩已转为橘红色系。

瓦罗娜焦急地说:“赶快！”泰伦斯却抓住她的手肘。

他面露微笑，但他的声音生硬而低沉。“不要跑，自自然然跟着我走。抓住愚可，也别让他跑。”

最初的几步，他们仿佛是在黏胶中前进。身后图书馆有声音传来吗？是他的想象吗？泰伦斯不敢向后望。

“这边走。”他指着一条小径的路标说。在午后阳光的照耀下，那个路标发出些微闪光，比不上弗罗伦纳的太阳那般明亮。上面写着:“救护车入口”。

他们走进去，穿过一个侧门，来到白得不可思议的两道墙之间。在无菌的玻璃走廊中，他们成了几个微小的异物。

远处有位穿制服的女子望着他们。她迟疑了一下，皱了皱眉头，开始朝他们走来。泰伦斯未等她来到近前，便赶紧转身钻进一条走廊，然后又换到另一条。沿途遇到不少穿制服的人，泰伦斯可以想象他们心中的疑惑。在一家医院的上层，竟然有当地人自由来去，这应该是前所未有的事。该拿他们怎么办呢？

当然，他们终究会被拦住。

因此，当他看到一扇不起眼的门上写着"通当地人楼层"，泰伦斯马上感到心跳加剧。升降机刚好停在他们那一层，他赶紧将愚可与瓦罗娜推了进去。当升降机开始下降时，那一下轻微的摇晃是当天最美好的体验。

城中共有三种建筑物。大多是整个建在下城的下层建筑，例如三层楼高的工人宿舍、工厂、面包厂、废物处理厂。上层建筑则是萨克人的住宅、戏院、图书馆、运动竞技场等等。不过也有少数是双层建筑，在上城与下城皆有楼层与入口，例如巡警局与医院。

因此，他们可以利用医院从上城来到下城，这样就不必乘坐动作缓慢的大型货运升降机，也就能避免遇到过度认真的操作员。当然，当地人这样做绝不合法，但是对于攻击巡警的罪犯而言，罪上加罪已经无关痛痒。

他们走出升降机，来到了下层。那里同样有完全无菌的墙壁，可是表面看来有点残旧，似乎不常擦洗。然而，上层走廊中那些铺着椅套的长椅都不见了。这里最显著的特征，是一间候诊室传出阵阵不安的聒噪，里面挤满了疲倦的男士与惊慌的女士。候诊室中仅有一个接待员，她正试图为乱糟糟的场面理出一点头绪，可是显然成果欠佳。

她正对一个短发的老头大吼大叫。那老头穿着一条开线的裤子，不停将膝盖的皱褶部分拉平又弄皱、弄皱又拉平。对于每个问题，他一律以同样歉然的口气回答。

“你到底哪里不舒服？……这样的疼痛持续多久了？……以前有没有来过医院？……听好，你们不能指望每件小事都麻烦我们。你坐在这里，医生会来看你，再多开点药给你吃。”

她尖声叫道：“下一个！”说完她一面看着挂在墙上的大钟，一面喃喃自语了几句。

泰伦斯、瓦罗娜与愚可小心翼翼地在人群中挪动。一旦遇到弗罗伦纳的同胞，瓦罗娜的舌头似乎就不再麻痹，她开始悄声说个不停。

“我不得不来，镇长，我多么担心愚可。我以为你不会把他带回来，而……”

“不管这些，你是怎么到上城的？”泰伦斯一面推开毫不反抗的当地人，一面转过头来追问。

“我跟着你们，看到你们上了货运升降机。升降机再下来的时候，我说我是跟你们一道的，他就把我带上去了。”

“就这样吗？”

“我恐吓了他一下。”

“萨克的走狗。”泰伦斯不屑地说。

“我不得不这样。”瓦罗娜可怜兮兮地解释，“后来，我看见巡警为你们指出了一座建筑的方向。等到他们离开后，我就也往那里走。只是我不敢进去，我不知道该怎么办，所以只好躲躲藏藏。直到我看见你们出来，被一名巡警拦住……”

“你们几个人！”这个尖锐而不耐烦的声音是接待员发出的。现在她站了起来，用金属笔猛敲水泥合金的桌面，震慑了在场的每一个人，令他们大气都不敢喘一下。“那几个想走掉的人，过来这里。你们不能还没检查就离开，休想装病来逃避工作。回来这里！”

不过他们三人还是跑了出来，来到下城的阴影中。周围充满萨克人所谓“当地区”的气味与噪音，上层再度成为一个屋顶而已。能够脱离迫人窒息的萨克人环境，瓦罗娜与愚可不知松了多大一口气，可是泰伦斯内心的焦虑并未消失。他们做得太过分了，从今以后，可能再也找不到安全的容身之地。

他忐忑的心中还在想这回事的时候，愚可忽然叫道：“看！”

泰伦斯感到喉头一阵苦涩。

下城的当地人大概再也不会见到比这更可怕的景象。就像一只巨鸟穿过上层孔洞由天而降，使得天昏地暗、日月无光，加深了下城不祥的幽暗气氛。不过那并非一只鸟，而是一辆巡警专用的地面车。

当地人大呼小叫，拔腿就跑。他们或许没有什么理由需要害怕，但还是作鸟兽散。有个人心不甘情不愿地向一旁闪开，险些被那辆车撞倒。当巨影将他笼罩时，他正匆匆向前跑，想必急着办什么事。随时环顾四周的他，仿佛荒野中一块冷静的顽石。他身高中等，双肩宽阔得近乎怪异。他的衬衫袖子一边完全裂开，上臂看起来就像普通人的大腿。

泰伦斯举棋不定，愚可与瓦罗娜则一切得听他的，这位镇长心中的矛盾达到了顶点。假如他们逃跑，他们能跑到哪里去？假如他们留在原地，他们又该怎么办？那些巡警也有可能是在抓别人，可是图书馆地板上躺着一个昏迷不醒的巡警，那种可能性是微乎其微的。

那名壮汉正以沉重的小跑步逐渐接近。他经过他们身旁之际慢下来片刻，仿佛在犹豫什么。然后，他不疾不徐地说：“柯洛夫面包店在前面第二条巷子左边，过了洗衣店就是。”

说完他掉头就走。

泰伦斯说：“来吧。”

他汗出如浆地拼命奔跑。从喧嚣声中，他听见想必是发自巡警喉咙的高声叱喝。他转头看了一眼，六名巡警从飞车中鱼贯而出，沿着弧线一字排开。他们要抓自己相当容易，这点他很明白。穿着这套该死的镇长制服，他像一根支撑上城的支柱那般显眼。

其中两名巡警朝这个方向跑来。他不知道他们是否看见自己，但那不重要。两名巡警跟刚才那位壮汉撞个正着，相撞的地点就在不远处，泰伦斯听得见壮汉嘶哑的咆哮，以及巡警尖锐的咒骂。他急忙领着瓦罗娜与愚可转到巷内。

“柯洛夫面包店”这几个字由表面几乎磨损的塑胶灯管组成，就像一条蜿蜒曲折、通体发亮的蚯蚓，数得出有五六个断裂处。美妙的香气从敞开的店门钻出来，绝不会让人认错地方。他们除了进去，根本没有第二条路可走。

内间有个老头向外望来，粉尘飞扬的房间里透出源自辐射烤炉的晦暗光芒。

老头还来不及问他们的来意，泰伦斯就赶紧说：“一位壮汉……”他展开双臂比了比，外面刚好响起“巡警！巡警！”的喊叫声。

那老头嘶哑地说：“这边！快！”

泰伦斯迟疑了一下：“那里有路吗？”

那老头说：“这是假的。”

愚可首先爬过烤炉的门，其次是瓦罗娜，最后是泰伦斯。在一下模糊的“咔嗒”声之后，烤炉的后壁稍微动了动，成了挂在上端铰链上的一扇门。他们将那扇门推开，钻进门后一个阴暗的小房间。

他们耐心地等待。此地通风不良，烤面包的香气令他们倍感饥饿，却又无法填饱肚子。瓦罗娜一直对愚可露出笑容，不时机械性地轻拍他的手心。愚可则茫然回望着她，偶尔将手放在自己涨红的脸上。

瓦罗娜刚开口说：“镇长……”

他立刻悄声斥道：“现在别说话，罗娜，拜托！”

他用手背抚过额头，然后瞪着指节上沾满的汗水。

此时突然传来“咔嗒”一声。由于他们藏身之处是个封闭场所，这一声听来特别响亮。泰伦斯全身紧绷，不知不觉举起了紧握的双拳。

来者是那名壮汉，他正将宽阔的肩膀挤过洞口，差点就钻不进来。

他被泰伦斯的样子逗乐了。“得了吧，老兄，我不是来打架的。”

泰伦斯看了看自己的拳头，便垂下双手。

比起他们头一次见到他，这位壮汉现在的情况显然糟得多。他的衬衫背后几乎全被扯掉，颧骨处有一条又红又紫的新鲜鞭痕。他的上下眼皮都肿起来，将双眼挤成两条细缝。

他说：“他们已经停止搜索。如果你们饿了，这里的伙食并不精致，不过足够你们吃的。你们说呢？”

现在已是城中的夜晚。上城的灯火照亮了几英里外的夜空，但下城则是一片阴冷的黑暗。面包店门口的帘幕紧紧拉下，以免宵禁后的非法光芒钻出门外。

温暖的食物下肚后，愚可感觉舒服多了，头痛也开始逐渐减退。

他两眼直盯着那壮汉的面颊，怯生生地问：“他们伤了你吗，先生？”

“一点点，”壮汉答道，“根本不算什么。在我的生活中，这种事每天都会发生。”他哈哈大笑，露出粗大的牙齿。“他们必须承认我什么事也没做，只是在他们追捕某人时挡了他们的去路。想叫一个当地人让开，最简单的方法就是……”他将手扬起又落下，就像抓着一柄隐形的武器，将手柄朝向前方。

愚可吓得向后退，瓦罗娜急忙伸出一只手臂保护他。

那壮汉身子向后一仰，吸了吸牙缝，从中吸出一些食物残渣。然后他说：“我叫马特·柯洛夫，不过大家都管我叫面包师。你们几位是什么人？”

泰伦斯耸了耸肩。“这个……”

面包师说：“我懂你的意思了，我知不知道没什么关系。也许吧，也许吧。不过，有一点或许足以让你们信任我。我从巡警手中把你们救出来，对不对？”

“是的，谢谢你。”泰伦斯无法从声音中硬挤出一份诚恳，“你怎么知道他们是在追我们？当时有好多人都在跑。”对方微微一笑。“其他人脸色都没你们那么难看，你们的脸可以磨碎当白粉用。”

泰伦斯试图回以一个微笑，却不怎么成功。“我不确定是否了解你为何要冒着生命的危险。不过无论如何，非常感谢你。光是口头感谢实在不算什么，可是现在除此之外，我什么也做不到。”

“你什么也不必做。”面包师将宽阔的双肩倚向墙壁，“我尽可能常这么做，其中没有个人因素。只要巡警在追什么人，我就会尽力帮助他，因为我痛恨那些巡警。”

瓦罗娜喘了一口气。“你不会惹上麻烦吗？”

“当然会，看看这里。”他将一根指头轻轻放在瘀紫的脸颊上，“可是我希望，你不会以为这点麻烦就会阻止我。这就是我建造这个假烤炉的原因，如此巡警就抓不到我，我就不会吃太多苦头。”

瓦罗娜睁大双眼，目光中交织着惊骇与崇敬。

面包师继续说："有何不对？你们知道弗罗伦纳上有多少大亨？只有一万人。你们知道有多少巡警？也许两万人。而我们当地人共有五亿之众，如果我们全部团结起来对抗他们……"他弹响一下手指。

泰伦斯说："我们要是团结起来，面包师，对抗的将是针枪和霹雳炮。"

面包师反驳道："是啊，我们自己也得弄点来。你们这些镇长和大亨走得太近，怕他们怕得要死。"

今天，瓦罗娜的世界起了天翻地覆的变化。眼前这人敢与巡警作对，而且带着轻松和自信与镇长谈话。当愚可扯她的衣袖时，她轻轻扳开他的手指，叫他赶紧睡觉，几乎没有望向他。她要仔细听听这人说些什么。

壮汉此时正在说："虽说拥有针枪和霹雳炮，那些大亨控制弗罗伦纳的唯一法门，仍是借着十万名镇长的帮助。"

泰伦斯看来生气了，但面包师继续说下去："比方说，看看你。穿得非常体面，既精致又漂亮。我敢打赌，你有个温暖的小窝，还拥有胶卷书、私人滑车，而且不受宵禁限制。如果你有兴趣，甚至能到上城去。大亨给你这些特权，绝不会是白给的。"

泰伦斯觉得实在不该发脾气，于是他说："好吧。你想要镇长们怎么做？向巡警挑衅吗？那样做有什么好处？我承认，我让我的村镇保持平静，而且生产达到定额，但我也让他们无灾无难。在法律允许的范围内，我尽力试图帮助他们，这难道不是一种贡献吗？总有一天……"

"啊，总有一天。谁能等到那一天？当你、我都死去之后，谁来统治弗罗伦纳又有什么差别？我的意思是，对我们而言。"

泰伦斯说："首先我要声明，我比你更痛恨那些大亨。话说回来……"他没再说下去，满脸涨得通红。

面包师哈哈大笑。“继续啊，再说一遍。我不会因为你痛恨巡警而告发你。你到底做了什么，惹得巡警非抓你不可？”

泰伦斯沉默不语。

面包师说：“我可以猜一猜。当那些巡警撞到我的时候，他们显得怒不可遏。我的意思是指个人的怒意，并非只因为某位大亨要他们发怒。我了解他们，我分辨得出来。所以我推测只有一种可能，你一定打倒了一名巡警，甚至可能把他杀了。”

泰伦斯仍然沉默不语。

面包师亲切的声调丝毫没有改变。“保持缄默没什么不对，可是过度谨慎也没什么好处，镇长。你将需要帮助，他们知道你是谁。”

“不，他们不知道。”泰伦斯连忙反驳。

“你在上城的时候，他们一定看过你的证件卡。”

“谁说我到过上城？”

“我猜的，我敢打赌你去过。”

“他们看过我的证件卡，但只是匆匆一瞥，来不及看清楚我的名字。”

“却来得及知道你是个镇长。他们唯一需要做的，只是找出一个不在自己镇上的，或是无法交代今日行踪的镇长。现在，弗罗伦纳所有的通讯线路也许都烧热了，我认为你惹上了大麻烦。”

“也许吧。”

“你知道没有‘也许’这回事。需要帮助吗？”

他们一直在悄声交谈。愚可蜷曲在一角，已经沉沉睡去；瓦罗娜的双眼轮流望着说话的两个人。

泰伦斯摇了摇头：“不用，谢了。我……我会设法解决。”

面包师立刻纵声大笑：“我很有兴趣看看你怎么解决。别因为我没受过教育而瞧不起我，我有其他的本事。听着，你好好想一晚上，也许你会决定接受我的帮助。”

瓦罗娜在黑暗中睁着眼睛。她的床只是铺在地上的一条毯子，但那不比她睡习惯的床差多少。愚可在对面角落的另一条毯子上睡得很沉。在头痛暂停后，他白天若是处于兴奋状态，晚上总是睡得很沉。

镇长谢绝了寝具。面包师大笑几声（他似乎对每件事都大笑一番），之后便熄灭灯火，并告诉镇长说，他大可在黑暗中待一整夜。

瓦罗娜的双眼仍睁得老大，睡眠似乎遥不可及。今后她还睡得着吗？她打倒了一名巡警！

不知怎么回事，她想到了自己的父母。

她对他们的记忆非常模糊。他们走后这些年来，她几乎已经让自己忘掉他们。可是现在，她记起了当年那些夜晚，他们以为她已经睡着时，她听到的那些压低的谈话声；还记起了黑暗中来到她家的那些人。

有一天晚上，巡警把她摇醒，问了许多她不了解的问题，而她不得不试着回答。从此，她再也未曾见过她的双亲。他们走了，大人这样告诉她。第二天，大人让她开始工作，而与她同龄的儿童还能再玩两年。她走在路上，人们总是在她后面指指点点；即使在放工后，别的小孩也不准跟她玩耍。她学会了过孤独封闭的生活，她学会了沉默不语。所以大家叫她“大块头罗娜”，而且常常嘲笑她，说她是个低能儿。

今晚的对谈为何会让她想起自己的父母？

“瓦罗娜。”

这个声音如此贴近，轻微的气息吹动了她的头发，而音量又那么低，她差点就听不见了。她紧张起来，部分是由于恐惧，部分是出于困窘。在她赤裸的身上，仅仅盖了一床被单。

那是镇长的声音，他道："什么也别说，听着就好。我要走了，门没有锁，不过我会回来的。你听到了吗？明白了吗？"

她在黑暗中伸出手去，抓住他的手，手指用力按了一下。

他满意了。"你要看着愚可，别让他离开你的视线。还有，瓦罗娜。"他停顿了许久，然后才继续说："别太信任这个面包师，我不清楚他的背景。你明白吗？"

接着传来一阵轻微的脚步声，还有一下更轻微的吱吱声，代表他已经离去。她用一只手肘撑起身子，除了愚可与她自己的呼吸声，四周是一片静寂。

她在黑暗中合上眼皮，用力闭起来，试着集中精神思考。那个面包师痛恨巡警，又曾拯救他们脱险，为什么无所不知的镇长会那么说他？为什么？

她只能想到一件事：他原来就在那里。正当一切看来坏到不能再坏的时候，面包师及时出现，迅速采取行动。这几乎像是预先安排好的，或者说，面包师仿佛在等待这一切的发生。

她摇了摇头。这似乎很奇怪，要不是镇长那么说，她永远想不到。

一句洪亮而漫不经心的问话，使静寂碎裂成无数颤动的碎片。"嗨？还在这儿吗？"

一道光束将她完全笼罩之际，她简直吓呆了。她慢慢定下神来，用被单紧紧裹住颈部。此时，那道光束也稍微移开了些。

她没有必要纳闷这句话是谁说的，手电筒向后渗出的光芒映出一个宽阔、雄壮的身躯。

面包师说："你知道吗，我以为你跟他一块走了。"

瓦罗娜以虚弱的声音说："你说谁，阁下？"

“那个镇长。你知道他走了，姑娘，别浪费时间装蒜。”

“他会回来的，阁下。”

“他说过他会回来吗？如果他说过，那他就错了，巡警会抓到他的。这个镇长，他不是个非常聪明的人，否则该知道门开着就一定有目的。你也打算离去吗？”

瓦罗娜说：“我要留在这里等镇长。”

“随你的便，你可有的等了，你想走随时可以走。”

他突然将光束从她身上移开，沿着地板向前移动，最后射到愚可苍白而瘦弱的脸孔。在光线的刺激下，愚可的眼皮自然而然收紧，但他没有醒过来。

面包师的口气变得若有所指。“可是你最好把这位留下来。我想，你该了解这一点。如果你打算走，门就在那里，但他可不行。”

“他只是个可怜的病号……”瓦罗娜以高亢而惊骇的声音说了半句，就被硬生生打断了。

“是吗？好啊，我专门搜集可怜的病号，那位得留在这里。记住了！”

光束一直没有离开愚可的睡脸。

第五章
科学家

沙姆林·琼斯博士不耐烦了整整一年，但这并不表示他已经逐渐习惯，而是正好相反。然而，这一年使他学到一件事，那就是萨克国务院催促不得。尤其因为那些官员大多是来自弗罗伦纳的移民，因此对自身的尊严看得比什么都要重。

有一次，他曾经问川陀大使老阿贝尔——他在萨克住了很久，甚至靴底都已经生根——萨克人既然那么轻视这些人，为何允许自己的政府部门由他们掌管？

阿贝尔透过盛着绿酒的高脚杯，向他眨了眨眼。

“政策，琼斯，”他说，“政策。这是一种应用遗传学，配合萨克人的逻辑实行。他们的世界又小又没有价值；这些萨克人之所以重要，只因为他们控制着一个挖不完的金矿——弗罗伦纳。所以每一年，他们都在弗罗伦纳的田野和村镇寻找优秀的年轻人，把他们带回萨克接受训练。表现平平的留下来为他们处理公文、填写表格；而真正聪明的那些，就送回弗罗伦纳担任村镇的首长，也就是他们所谓的镇长。”

琼斯博士是个专业的太空分析员。他不大了解这一切有什么意义，而他说了出来。

阿贝尔伸出又老又钝的食指指着他，穿过高脚杯的绿色光线射到布满棱纹的指甲，中和了其上灰黄的色泽。

他说："你永远无法成为行政官员，可别找我推荐你。听好，弗罗伦纳上最能干的人都全心全意支持萨克的政策，因为在为萨克服务时，他们会受到良好的照顾；而他们若是反对萨克，最好的下场是重新做个普通的弗罗伦纳人，而那可不妙，朋友，那可不妙。"

他一口咽下杯中的酒，又继续说："此外，镇长和萨克上的办事员都不能生育下一代，否则就会失去他们的职位。这话的意思是，即使和弗罗伦纳女性生育也不行。当然，和萨克人婚配则是绝不可能的事。这样一来，弗罗伦纳的最佳基因不断自社会抽离，久而久之，弗罗伦纳将成为伐木工和汲水工的天下。"

"照这个态势发展下去，他们将来会找不到办事员，对不对？"

"总有那么一天。"

因此，琼斯博士如今坐在弗罗伦纳事务部的一个前厅，不耐烦地等待获准穿越一道道关卡；弗罗伦纳籍的低级官员则在官僚迷宫中不停跑来跑去。

一位年事已高、已经不太中用的弗罗伦纳人来到他面前。

"琼斯博士？"

"是的。"

"跟我来。"

其实，利用荧幕上的闪烁号码就能召唤他，而空气中的荧光甬道就足以引导他前进。可是在人力价格低廉的地方，凡事都不必以科技取代人力。琼斯博士想到的"人力"专指男性，在萨克的任何政府部门中，他都从未见过女性。弗罗伦纳的女性大都留在自己的行星上，只有某些当女佣的例外，她们同样不准生育下一代。至于萨克的妇女，正如阿贝尔说的，则是绝不可能的事。

带路的老者做个手势，要他坐在面对“次长秘书”办公桌前的一张椅子上。他会知道那人的头衔，是因为它以发光字迹蚀刻在桌面凹槽中。当然，没有任何弗罗伦纳人的职位能超过秘书，不论他实际上掌管多少事务。弗罗伦纳事务部的次长与部长一定是萨克人，虽然琼斯博士在社交场合有可能碰到他们，却明白在部里绝对见不到他们本人。

他坐在那里，仍旧很不耐烦，但至少已较为接近目标。那位秘书仔细浏览着档案，将精密编码的文件一一翻阅，仿佛其中蕴藏着宇宙的奥秘。那人相当年轻，或许是个新近的毕业生，他像所有的弗罗伦纳人一样，拥有非常白皙的皮肤与颜色很淡的头发。

琼斯博士感到源自基因记忆的激动。他自己来自利拜尔这个世界，就像所有的利拜尔人一样，他的皮肤色素很深，属于一种深浓的棕褐色。像利拜尔或弗罗伦纳这种肤色如此极端的世界，在整个银河中十分罕见。一般说来，中等色调是普遍的规律。

有些激进的年轻人类学家提出一种想法，认为诸如利拜尔这种世界上的人类，乃是源自独立发展但殊途同归的演化过程。但年长的学者则不以为然，任何主张不同物种会经由演化而汇流的想法（最后甚至能进行异种杂交，正如今日银河各世界的人类这样），都会遭到他们的大肆抨击。他们坚持，不论起源行星位于何处，其上的人类已经分化成肤色各异的许多亚种。

这只是将问题推到遥远的过去，并没有提出任何解答，所以琼斯觉得两种解释都无法令人满意。不过即使到了现在，他发觉自己偶尔还是会想到这个问题。在那些民智未开的世界，基于某种原因，一直流传着远古时代曾有一场冲突的传说。举例而言，在利拜尔的神话中，就提到不同肤色的人曾发生过大战，一群战败的棕色人种逃离家乡，据称这些人就是利拜尔的创建者。

后来琼斯博士离开利拜尔，前往大角太空科技学院就读，接着一头钻进专业领域，早将当年那些神话故事忘得一干二净。从那时到现在为止，他只有一次真正感到疑惑。那是他在执行公务的行程中，恰好来到半人马星区的古老世界之一。这些世界的历史都以千年为单位，它们的方言也极其古老，很可能就是传说中早已失落的英语。在那种语言中，对黑肤人种有个特殊的称呼。

可是，为什么要对黑肤人种有特殊的称呼呢？其他特征的人都没有特殊的称呼，例如蓝眼珠的、大耳朵的、卷头发的……

秘书严谨的声调打断了他的冥想："根据记录显示，你曾经来过这间办公室。"

琼斯博士用带点刻薄的语气说："我的确来过，阁下。"

"但不是最近。"

"没错，不是最近。"

"你还在寻找那个太空分析员，他是在——"秘书翻了翻文件，"十一个月零十三天前失踪的。"

"没错。"

"在这期间，"秘书的声音又干又脆，似乎将话里的所有汁液都仔细榨干了，"一直没有这个人的下落，也没有证据显示他曾来到萨克境内。"

"根据最后一次报告，"这位科学家说，"他在接近萨克的太空中。"

秘书抬起头，他的淡蓝眼珠盯了琼斯博士一会儿，然后迅速垂下来，"也许没错，但这无法证明他身在萨克。"

无法证明！琼斯博士紧紧抿起嘴唇。过去数个月来，星际太空分析局告诉他的也是这句话，而且他们的回复越来越迟缓。

没有证据，琼斯博士。我们觉得你的时间可以花在更有意义的方面，琼斯博士。本局保证搜寻会继续进行，琼斯博士。

他们真正的意思是：别再浪费我们的经费，琼斯！

正如秘书刚才仔细陈述的，这件事始于星际标准时间十一个月零十三天前（对于这种事件，秘书当然不会用当地时间，他不会犯这种错误）。而两天后，他在萨克着陆，到分析局的当地办事处作例行视察。不料结果却是——唉，结果就成了现在这样子。

他见到分析局的当地代表，一个纤细的年轻人。琼斯博士对他最主要的印象，是他不停嚼着萨克化工业生产的某种橡皮食品。

视察几乎告一段落的时候，那位当地代表突然想起一件事。他把嘴里的东西放到臼齿后面，开口道："有个野外人员传来一封电讯，琼斯博士。也许并不重要，你也了解那些人。"

那是表示不屑一顾的通常说法：你也了解那些人。琼斯博士抬起头来，心中闪过一丝怒意。他正准备说十五年前自己也是个"野外人员"，不过他随即想起，做了三个月之后他就再也不能忍受。但正是由于那点怒气，使他阅读电讯时分外认真。

电讯内容如下：请保持直通密码线路对分析局中央本部开放，准备传送极度重要事件的详细电讯。整个银河将受影响。我即将经由极小路径着陆。

当地代表觉得挺有趣，他的嘴巴又恢复节奏性的大力咀嚼。"想想看，长官，'整个银河将受影响'。那可真不简单，即使对一名野外人员而言。收到这封电讯后，我和他联络过一次，看看是否能从他那里问出个所以然，可是我失败了。他只是不停地说，弗罗伦纳上每个人的生命都受到威胁。你知道的，这代表有五亿人命在旦夕。他的话听来非常神经兮兮，所以坦白讲，当他着陆的时候，我可不想出面应付他。你有什么建议？”

琼斯博士说：“你有没有你们的谈话记录？”

“有的，长官。”经过几分钟的寻找，他终于找到一段胶卷。

琼斯博士用阅读机放了一遍，皱起了眉头。“这是副本，对不对？”

“我将原件送给萨克的行星间运输局。我想他们最好能开辆救护车去着陆场接他，他的状况也许很糟。”

琼斯博士心中很同意这个年轻人的话。处于太空深处的孤独分析员终于完成任务时，他们的精神很可能已严重错乱。

然后他说：“慢着，听你的口气，似乎他尚未着陆。”

当地代表露出一副惊讶的表情：“我想他已经到了，只是没有人通知我。”

“好吧，联络运输局，取得详细资料。不论他有没有精神病，我们的记录中一定有详细资料。”

第二天，这位太空分析员在离开萨克行星的前一刻，又到办事处来作最后巡视。他还要去其他世界办些公事，行程有些匆忙。在几乎走到门口时，他又回头问：“我们的那位野外人员还好吗？”

当地代表答道：“哦，这个——我正打算告诉你，运输局没有他的消息。我将他的超原子发动机能量型样送过去，他们说他的太空船根本不在近太空。那家伙一定改变了着陆的主意。”

琼斯博士决定将出发时间延后二十四小时。第二天，他来到位于该行星的首府萨克市的行星间运输局。那是他第一次遇到弗罗伦纳籍官僚，而他们一律对他摇头。他们收到过分析局的一位分析员将要着陆的电讯。哦，没错，不过并没有太空船着陆。

但琼斯博士坚持这件事很重要，因为那个人病得很重。难道他们没收到分析局当地代表与他的通话记录吗？他们张大眼睛望着他。通话记录？找不到任何人记得收到过。假如这个人真有病，他们只能表示遗憾，可是既没有分析局的太空船降落此地，也没有这样的太空船在近太空任何一处。

琼斯博士回到旅馆，左思右想考虑良久。延后的出发时间又过了，他索性打电话给旅馆柜台，要求搬到一间较适合长住的套房。然后，他与川陀大使路迪根·阿贝尔订了一个约会。

第二天，他整日都在阅读萨克历史。到了他与阿贝尔约好的时刻，他的心跳变成了愤怒的鼓声。他不会轻易放弃，他心里很明白。

年老的大使将这次会面视为社交性拜访，抓着他的手上下摇了半天。然后又把机械酒保叫进来，还不准他在头两杯酒没喝完前讨论任何公事。琼斯利用这个机会闲谈了些有用的话题，包括问及满是弗罗伦纳人的国务院，结果听到一席对萨克实用遗传学的精辟解释，令他更为火冒三丈。

在琼斯后来的记忆中，阿贝尔总是那天那个样子。深陷的双眼半闭在凸出的白眉下，鹰钩鼻不时徘徊在高脚杯上方，凹陷的面颊更加凸显了面部与身躯的瘦削，一根瘦骨嶙峋的指头缓缓打着拍子，好像和着一首无声的音乐。

琼斯开始叙述他的故事，他没有添油加醋，讲得并不生动。阿贝尔细心聆听，一直没有插嘴打断。

琼斯讲完之后，阿贝尔轻拍着自己的嘴唇，问道："我问你，你认识这个失踪的人吗？"

"不认识。"

"也没见过他？"

"我们的野外人员都不容易见到。"

“他在此之前有过妄想吗？”

“根据中央分析局办公室的记录，如果那些真是妄想，这是他的第一次。”

“如果？”大使并未追究这一点，他改问道，“你找我又是为了什么？”

“寻求协助。”

“显然如此，不过是怎样的协助呢？我能做些什么？”

“让我解释一下。萨克的行星间运输局曾检查过近太空，寻找我们那艘太空船的发动机能量型样，结果没有发现任何踪迹。这件事他们不会说谎——我不是说萨克人绝对诚实，但是他们绝不会说无用的谎言；而且他们一定知道，我能在两三个小时内查清真相。”

“的确如此，然后呢？”

“在两种情况下，能量型样追踪注定失败。第一，那艘太空船已不在近太空，因为它经由超空间跃迁到了银河另一处。第二，它根本不在太空中，因为它已经在某颗行星着陆。我不相信我们的人做过跃迁，如果他提到的弗罗伦纳的危机，以及攸关银河的重大事件，只是夸大狂的一种妄想，他无论如何会来到萨克提出报告，而不会改变主意匆匆离去。我对这种事有十五年的经验。如果说，万一他的头脑没问题，他的叙述千真万确，那么这件事就太严重了，绝不允许他改变主意而离开近太空。”

川陀老者举起一根指头，轻轻摆了摆。“那么你的结论是他在萨克上。”

“正是如此，而这又有两种可能。第一，如果他的确患了精神病，他不一定会选在太空航站着陆，有可能降落在这颗行星任何一处。现在他或许处于半失忆状态，抱病在四处游荡。即使对野外人员而言，这种事也非常罕见，但以前的确发生过。通常，在这种情况下，失忆只是暂时性的。等到发作完后，病人会最先想起有关工作的细节，而不是任何个人的记忆。毕竟，太空分析员的工作就是他的生命。很常见的一种情形，是失忆症患者游荡到一所公共图书馆，查看有关太空分析的资料，然后就被人找到了。”

“我懂啦。这么说，你要我帮你和图书馆员管理局打个招呼，要是遇到这种情况就向你报告。”

“不，因为我料想这件事不会有什么麻烦。我会要求把几本太空分析的标准参考书列为限阅书籍，任何询问这些书籍的人，若无法证明自己是萨克本地人，就把他们留下来问话。他们会同意这样做，因为他们会知道，或是他们的某些上司会知道，这样一个计划根本徒劳无功。”

“为什么？”

“因为，”现在琼斯说得很快，像是陷入一团颤抖的怒火，“我确定我们的人降落在萨克市太空航站，完全依照他的计划行事。他可能随即遭到萨克当局的监禁甚至杀害，无论他是否神智健全。不过这方面我也会追查。”

阿贝尔将几乎饮尽的酒杯放下来：“你在开玩笑吗？遭到杀害？”

“我看来像是开玩笑吗？不过半小时前，你对我怎样描述萨克人？他们的生活、繁荣与权力，全都仰赖他们对弗罗伦纳的控制。过去二十四小时，我读的那些书又告诉我些什么？弗罗伦纳的蓟蒿田是萨克的财富。如今却出现一个人，姑且不论精神正不正常，总之他声称有个攸关整个银河的重大事件，使弗罗伦纳上男男女女都有生命危险。看看我们的人最后一次的通话记录。”

阿贝尔拿起琼斯扔到他膝盖上的那段胶卷，又接过琼斯举到他面前的阅读机。他慢慢地看下去，衰老的双眼凑在目镜上，一面凝视，一面眨眼。

“里面没有多少资料。”

“当然没有。上面写着有一场危机，还说那是十万火急，如此而已。可是当初绝不该把它送到萨克人手中。即使这个人错了，萨克政府怎能允许他到处宣扬心中的疯狂想法，而弄得银河尽人皆知？即使不考虑在弗罗伦纳上可能引起的恐慌，以及对蓟芾纤维的产量造成的影响，至少还要顾虑萨克—弗罗伦纳政治关系的肮脏内幕，将全部暴露在全银河的目光下。想想看，他们只需要解决一个人，就能避免这一切后果，因为我不能光凭这个通话记录就采取行动，而他们知道这点。在这种情况下，萨克会下不了这个毒手吗？你口中的这样一群遗传学实验者，是绝对不会犹豫不决的。”

“而你要我做什么呢？我必须承认，我仍然不清楚。”阿贝尔似乎不为所动。

“查出他们是否杀了他。”琼斯绷着脸说，“你在这里一定有个谍报组织，这点我们不用争辩。我在银河中闯荡够久了，早就过了政治青春期。在我利用图书馆做诱饵分散他们注意力的同时，你帮我追根究底查个清楚。而当你查明他们是真凶后，我要川陀做到一件事，那就是让银河任何一处的政府都了解，杀害分析局的人员绝对会遭到制裁。”

他与阿贝尔的首度会面就此结束。

琼斯说对了一件事。在安排图书馆配合这方面，萨克官员十分合作，甚至相当赞同这个做法。

可是，他似乎只说对了这件事。几个月过去了，阿贝尔的情报员在萨克上到处都找不到失踪者的踪迹，更不知道他是死是活。

十一个多月以来，情况一直没有改变。琼斯开始觉得该罢手了；他几乎已经决定，最多再等最后这一个月。就在这个时候，事情有了突破性的发展。那并非阿贝尔的功劳，而是来自他自己设置的、如今几乎已经遗忘的稻草人。萨克公共图书馆送来的一份报告，导致琼斯如今来到弗罗伦纳事务部，坐在一位弗罗伦纳籍官员对面。

那位秘书对这个案子做好了打算，已经合上最后一页公文。

他抬起头来："好，我能为你做些什么？"

琼斯精准地陈述："昨天下午四点二十二分，我接到一份通知，萨克公共图书馆的弗罗伦纳分馆为我留置了一个人，那人想要查询两本太空分析的标准参考书，而他并非萨克本地人。从那时候开始，我就没有听到进一步的消息。"

他提高音量，压下秘书试图做出的回应，继续说下去："我下榻的旅馆有个公共接收器，能够收到超视新闻报道。报道提到昨天下午五点零五分，在萨克公共图书馆的弗罗伦纳分馆中，有个弗罗伦纳巡逻队员被打昏了，涉嫌这桩暴行的三个弗罗伦纳人已被通缉。在后来的新闻提要中，没有再重复这项报道。

"而我十分肯定，这两条消息有连带关系；我也十分肯定，我要的那个人已遭巡逻队逮捕。我曾要求批准我前往弗罗伦纳，可是被拒绝了。我曾用次乙太联络弗罗伦纳当局，要他们将那个人送到萨克，结果没有收到答复。现在我亲自来到弗罗伦纳事务部，要求你们对这件事采取行动。要不就让我去，要不就让他来。"

秘书以毫无生气的声音说："萨克政府无法接受分析局官员的最后通牒。我的上司曾警告我，说你或许会问起这些事，还指示了哪些事实是我该让你知道的。那个据报曾经查询限阅书籍的人，还有他的两个同伴——一位镇长和一位弗罗伦纳女子，的确犯下你提到的罪行，并遭到巡逻队的追缉。然而，他们并没有被逮捕。"

琼斯突然感到一阵痛苦的失望，但他根本懒得掩饰。“他们逃掉了？”

“并不尽然，他们躲进某个叫马特·柯洛夫的人开的面包店。”

琼斯瞪大眼睛。“竟然让他们留在里面？”

“最近，你有没有会晤过尊贵的路迪根·阿贝尔阁下？”

“这和他有什么……”

“根据我们的情报，你常常出现在川陀大使馆。”

“我有一个星期没见到大使了。”

“那么我建议你去见见他。我们允许那些罪犯安然躲在柯洛夫的店里，是出于尊重我们和川陀的微妙星际关系。我接到上司的指示，若是有必要就告诉你，那个柯洛夫——你或许不会感到惊奇——”说到这里，那张白皙的脸孔露出像是冷笑的罕见表情，“我们的国家安全部早就知道他是一名川陀间谍。”

第六章
大使

在琼斯会晤那位秘书十小时之前，泰伦斯离开了柯洛夫的面包店。

泰伦斯沿着城中的巷道，小心翼翼地向前走，一只手始终摸着路旁工人住的小屋的粗糙表面。除了上城间歇性射下的苍白光芒，他置身全然的黑暗中。下城如果有光线，就是巡警射出的珍珠色闪光，他们总是两三人一组在城中巡逻。

下城像是一只沉睡的毒妖，盘旋着油滑的身躯，躲在光辉灿烂的上城之下。其中某些部分或许还有朦胧的生气，例如农产品的批发集散地，但绝不是在这里，不是这个贫民窟。

当远处铮铮的脚步声接近时，泰伦斯退到一条满是灰尘的巷内（就连弗罗伦纳每晚的阵雨，也几乎无法穿透水泥合金，来到下层的幽暗区域）。百码外出现了几道光束，它们逐渐移动，最后消失无踪。

整个夜晚，巡警们不停走来走去，他们只需要这样做。他们激起的恐惧感足以维持秩序，几乎不必再展示什么武力。虽然没有路灯，无数偷鸡摸狗之辈大可借着黑暗作掩护，但即使没有巡警这个潜在的威胁，这种危险也不至于有多严重。食品店与工厂有严密的守卫；豪华的上城高高在上；而若想互相偷窃，寄生于彼此的困境中，则显然是徒劳无功的举动。

其他世界上所谓的罪恶，在此地的黑暗中根本不存在。穷人可以手到擒来，可是早已一贫如洗，而富人则遥不可及。

泰伦斯轻快地向前走，每当经过上方水泥合金的开口处，苍白的光芒就映在他脸上，而他总会忍不住抬头向上望。

遥不可及！

他们真的遥不可及吗？在他一生中，对萨克大亨的态度曾有多少转变？小的时候，他和每个小孩一样。巡警是银黑相间的怪物，任何人不论有没有做错事，看到他们一律拔腿就跑。大亨则是神秘莫测的超人，是至善的象征，他们住在名叫萨克的天堂上，细心地、耐心地沉思着弗罗伦纳上愚夫愚妇的福祉。

在学校里，他每天都会重复一遍：愿银河圣灵看顾大亨们，有如他们看顾我们一般。没错，他现在想，就是这样，一点也没错！但愿圣灵对待他们的方式，与他们对待我们一模一样。他的拳头使劲握紧，在阴影中仿佛冒出火来。

十岁的时候，他曾在学校里写了一篇作文，内容是他想象中萨克上的生活。那纯粹是凭空想象的创作，为的只是表现他的文采。他还记得的部分非常少，其实只有一段而已。其中，他描写每位大亨都有二十英尺高，形象庄严壮丽。每天早上，大亨们聚在一个色彩有如蓟苘花般缤纷的大厅中，目的是辩论弗罗伦纳人的罪过，并沉痛检讨是否有必要协助他们改过迁善。

老师读了之后非常高兴。那一年年底，当其他小朋友继续上读写与道德课程时，他升到一个特别班，开始学习算术、银河舆理与萨克历史。十六岁那年，他被送到了萨克。

他仍然记得那个伟大的日子，但他猛然抽回记忆，想到这件事令他感到羞耻。

现在，泰伦斯已经接近城市的近郊。偶然袭来的阵阵微风，为他带来蓟莆花在夜晚散发的浓郁香气。再过几分钟，他就会来到相当安全的田野。那里没有巡警的定期巡逻，而且他能透过夜空的残云，重新见到天上的星光。甚至包括萨克的太阳——那颗坚实、明亮的黄色恒星。

在他一生的一半岁月中，那颗恒星都是他的太阳。当他从太空船的舷窗，首次在近距离望见它时，他真想当场跪下来。它不再是一颗星，而是一个耀眼到无法直视的小圆球。一想到自己正在接近天堂，连第一次太空飞行的恐惧感也消失无踪。

他终于在心目中的天堂着陆，随即被送到一位年老的弗罗伦纳人家中。那老者照顾他沐浴更衣，然后带他前往一座庞大的建筑。途中，老者曾向经过的一个人弯腰鞠躬。

“鞠躬！”老者气呼呼地对年轻的泰伦斯低声道。

泰伦斯照做了，可是一头雾水。“那是什么人？”

“一位大亨，你这个无知的农工。”

“他！一位大亨？”

他立即僵在路上，直到老者催促他向前走。这是泰伦斯生平见到的第一位大亨，他根本没有二十英尺高，只是个普通人罢了。其他弗罗伦纳少年可能会从这种幻灭的震撼中恢复，但是泰伦斯从来没有。他的内心某处起了变化，起了永久的变化。

虽然他接受了各种训练，而且各种课程都名列前茅，他却从未忘记大亨只是普通人。

他花了十年的岁月求学。而在课余时间，除了吃饭睡觉之外，他被教导在许多小事上做个有用的人。他学会了跑腿送信、倒垃圾、大亨经过时要弯腰鞠躬、大亨夫人经过时要恭敬地转过头去面向墙壁。

后来，他又在国务院工作了五年。他的职位一换再换，以便在各种不同的环境下，让他的能力受到最佳的测试。

有一次，一位和蔼可亲的弗罗伦纳胖子来拜访他。这人将友谊表现在笑脸上，轻轻掐着他的肩头，然后问他对大亨有什么看法。

泰伦斯压下掉头就跑的念头。他不禁怀疑，自己的想法是否转化成了某种密码印在脸部的皱纹上。他摇了摇头，喃喃说了一串赞美大亨的陈腔滥调。

那个胖子却咧了咧嘴："你言不由衷，今晚到这里来。"他递给泰伦斯一张小卡片，几分钟后，那张卡片自动碎裂烧毁。

泰伦斯依约前往，他虽然害怕，却非常好奇。他在那里遇到好些自己的朋友，他们望着他的眼神都透着神秘；后来，他们在工作场合再遇到他，却只对他投以漠然的一瞥。在那次聚会中，他倾听他们的言论，发觉许多人似乎也都相信他深藏在自己内心的想法。他本以为那是自己的创见，从来没有别人想到过。

他了解到，至少有一些弗罗伦纳人认为大亨都是卑鄙的禽兽——他们为了自私的理由而榨取弗罗伦纳的财富，却让辛苦工作的当地人困在愚昧与贫困的泥沼中。他还了解到，一场反抗萨克人的大暴动即将来临，成功之后，弗罗伦纳所有的财富将重归真正的主人之手。

怎么做？泰伦斯问道，问了一遍又一遍。毕竟，大亨与巡警都拥有武器。

于是他们告诉他川陀的存在，过去数世纪以来，这个庞大的帝国不断膨胀，如今涵盖了银河中一半的住人世界。他们说，借着弗罗伦纳人的帮助，川陀将摧毁萨克。

可是——泰伦斯先对自己说，然后又公开发表这个想法——既然川陀这么大，而弗罗伦纳这么小，难道川陀不会取代萨克，成为更大、更暴虐的主宰？如果那是唯一的出路，他宁可选择忍受萨克的统治。熟悉的主宰总比不熟悉的主宰要好。

他被嘲笑一番，然后被赶出去。他们还以性命威胁他，不准他提起当天听到的一切。

可是过些时日后，他注意到那些谋反者一个接一个失踪，最后只剩下原来那个胖子。

有些时候，他还会看到胖子在各处跟新来的人交头接耳。他明知道那些人正在接受试探与测验，却不敢向他们提出警告。他们必须自己找出活路，正如泰伦斯当初那样。

泰伦斯甚至在国家安全部待了一些日子，只有少数弗罗伦纳人能指望有这种殊荣。那段时间很短，因为安全部的官员拥有太大的权力，任何人在那里的时间都要比在其他单位更短。

可是在那里，泰伦斯发现真有阴谋需要对付，这令他不禁十分惊讶。弗罗伦纳上有些人设法互通声息，计划着叛变行动。通常这些行动都有川陀的经费暗中资助，不过有些时候，那些自命的反叛者真以为弗罗伦纳可以独力成功。

泰伦斯默默想着这件事。他的话很少，他的举止正常，可是他的思想不受限制。他痛恨那些大亨，一来他们并非二十英尺高；二来他不能望向他们的女人；三来他曾经鞠躬哈腰服侍过几个，结果发现他们虽然傲慢无比，骨子里却是一群愚蠢的家伙，他们受的教育并不比他自己好，而且通常笨得多。

然而，这种奴隶生活有什么解脱之道？把愚蠢的萨克大亨换成愚蠢的川陀皇族根本毫无意义；指望弗罗伦纳农民自己做点什么则是痴心妄想。所以说，简直就是一筹莫展。

从学生时代，到做个小小的官员，直到如今成为镇长，这个问题在他心中萦绕了许多年。

突然间，出现了一个特殊的机缘，将一个意想不到的答案送到他手上。答案就是那个其貌不扬的人，他曾经是个太空分析员，现在则拼命强调弗罗伦纳上男男女女都有生命危险。

此时泰伦斯已来到田野，那里的夜雨快停了，云朵间的星光显得湿答答的。他深深吸了一口蓟苘的香气，想到蓟苘既是弗罗伦纳的财富，又是这颗行星的诅咒。

他并未试图逃避现实。他已经不再是镇长，甚至不是一个自由的弗罗伦纳农民。他只是个逃亡的罪犯，从此必须躲躲藏藏。

但是他心中燃烧着希望之火。过去的二十四小时，他掌握着有史以来对抗萨克最厉害的武器。这点毫无疑问，他知道愚可的记忆正确无误——他曾经是个太空分析员；他接受过心灵改造，脑海几乎一片空白；而他记得的事是真实的、可怕的，而且是威力无穷的。

他确定这一点。

现在，这个愚可在另一个人的掌心里。那人假扮成弗罗伦纳志士，实际上是一名川陀间谍。

泰伦斯感到怒火的苦涩冲向喉头。这个面包师当然是一名川陀间谍，从一开始他就认定了这一点。在下城所有的居民中，谁还有钱建造一个假的辐射烤炉？

他不能让愚可落入川陀的手中，他不会让愚可落入川陀的手中。他准备进行的计划险恶无比，可是危险又有什么关系？他已经背负了一项死罪。

天空一角出现暗淡的光芒，他将等待天亮后再行动。当然，各地的巡警局都会接到他的图像，可是他们得花几分钟的时间，才会认出他这个人。

而在这几分钟里，他仍然是个镇长。他将有时间去做一件事，而即使是现在，即使是现在，他还不敢让自己考虑到这件事。

琼斯会晤那位秘书之后十小时，他与路迪根·阿贝尔再度见面。

大使照常以表面上的热络迎接琼斯，但带着一份明确而心虚的罪恶感。在他们第一次见面时（那是很久以前的事，已过了将近一个银河标准年），他对此人说的故事并未留意。他唯一想到的是：这件事会不会，或是能不能帮助川陀？

川陀！他总是最先想到川陀。但他与那些笨蛋不一样，他不会崇拜一群星星，也不崇拜川陀军人佩挂的“星舰与太阳”黄色徽章。简言之，他不是个普通的爱国者，川陀本身对他毫无意义。

可是他崇尚和平；更何况他年事渐长，陶醉于杯中的美酒、充满柔和音乐与香气的环境、午后的小歇，以及宁静安详的余生。在他的想象中，每个人都应该有这种享受；然而事实上，每个人都遭到战争的摧残。他们在虚空的太空里冻毙，在原子能爆炸中气化，或在遭到包围与轰击的行星上饿死。

那要如何力行和平呢？当然不是靠说理，也不是靠教育。如果一个人了解和平的真谛与战争的本质，却无法选择和平而摒弃战争，还有什么道理可以说服他呢？除了战争本身，还有什么是对战争更强而有力的谴责？不论是多么精妙的辩证技巧，比得上一艘满载尸骨、百孔千疮的残破战舰十分之一的威力吗？

所以说，想要终止武力的滥用，只剩下一个解决之道，那就是武力本身。

阿贝尔的书房里有一套川陀的舆图，专门设计来显示那种武力的成就。它是个晶莹剔透的卵形体，呈现出银河透镜的三维结构。

其中星辰是白色的钻石粉末，星云是带状的光芒或暗淡的云雾，而在接近中心处，则有几个红色斑点，那就是过去的川陀共和国。

不是“现在的”，而是“过去的”。五百年前的川陀共和国，仅由五个世界组成。

不过这是一套历史舆图，只有在时间归零之际，那个阶段的共和国才会显现。将时间向前拨一格，画面中的银河便前进五十年，川陀的边缘就多出一圈变红的星辰。

在十个阶段中，时间总共过去五百年，深红色像大摊血迹一样不断扩张，直到银河大半的区域都变成一片血红。

红色就是血的颜色，这不仅是一种意象而已。在川陀共和国变成川陀联邦，再变成川陀帝国的过程中，它的扩展埋葬了无数残缺的人体、残缺的船舰，以及残缺的世界。然而经由这些蜕变，整个川陀变得强大无比，红色范围内终能享有和平。

如今，川陀正在另一个蜕变的边缘跃跃欲试：从川陀帝国跃升至银河帝国，然后红色将吞没所有的星辰，而银河将从此天下太平——川陀治下的太平。

阿贝尔想望这种结果。若是在五百年前、四百年前，甚至二百年前，他都会反对川陀上这群险恶的、唯物主义的、侵略成性的人。他们贪得无厌、不顾他人的权利，自家的民主尚未健全，却对其他世界的轻度奴役极其敏感。可是尽管如此，那些都已经是过去式。

他不是为了川陀，而是为了川陀代表的统一结局。所以原来的问题“这事如何有助于银河的和平？”自然转变成“这事如何有助于川陀？”

问题是对于这个特殊事件，他也不知道答案是什么。对琼斯而言，解决之道显然直截了当：川陀必须支持分析局，并且必须惩罚萨克。

假如能找到什么确定对萨克不利的因素，或许这样做是好的。即使如此，或许答案还是否定的。而倘若无法找到这样的因素，那就绝对是否定的。但无论如何，川陀绝不能轻举妄动。整个银河都看得出来，不久川陀即将一统银河，不过那些尚未归属川陀的行星，仍有可能团结起来反抗到底。川陀甚至也能赢得这样一场战争，可是将要付出的代价，会让胜利变为惨败的一个动听的代名词而已。

因此，在这场游戏的最后阶段，川陀绝不能做出任何轻率的举动。基于这个原因，阿贝尔慢慢进行这项工作。他将网轻轻撒向国务院的迷宫，以及萨克大亨的豪华生活圈；他利用笑容作探针，在不知不觉间打探消息。此外，他也没忘让川陀的特务机关盯住琼斯本人，以免这个愤怒的利拜尔人一时之间造成的破坏，使阿贝尔在一年之内都无法修补。

对于这位利拜尔人持续不懈的愤怒，阿贝尔感到十分惊讶。他曾经问他："一名成员为何让你那么关切？"

他指望听到的一番话，是对分析局的完整性所作的论述，以及大家都有责任支持该局，因为它不是某个世界的工具，而是为全体人类服务的组织。结果，他并未听到这样的话。

反之，琼斯皱着眉头说："因为在这一切表面问题之下，隐藏着萨克与弗罗伦纳的关系，我要揭发并摧毁那重关系。"

阿贝尔只觉得一阵反胃。不论何时何地，总是由于有人过分关注某个世界，而使人们的心力无法集中在银河统一的问题上，这种事一而再、再而三地发生。当然，各处都有社会性的不公，有时似乎令人难以忍受。但是谁能想象得到，这样的不公能在小于银河的尺度上解决？首先，必须终止战争以及国与国的对抗，唯有在那个时候，才能设法解决内在的困境，毕竟外在的冲突是它们的主因。

而且琼斯并不是弗罗伦纳人，他并不该有情绪化的短视作风。

阿贝尔又问：“弗罗伦纳对你有何意义？”

琼斯犹豫了一下，答道：“有一种亲切感。”

“但你是个利拜尔人，至少在我的印象中如此。”

“我的确是，但这正是亲切感的来源，我们都是银河中的极端人种。”

“极端？我不明白。”

琼斯说：“我指的是肤色。他们过分白，而我们过分深，这就代表了某种意义。这种极端将我们联系在一起，使我们拥有一个共通点。我觉得我们的祖先必定有过一段身为异类的长久历史，甚至遭到社会主流的排斥。我们是不幸的白种人与褐种人，在与众不同这方面同病相怜。”

当时，在阿贝尔惊异的瞪视下，琼斯吞吞吐吐了一阵，终于说不出话来了。从此这个话题再也未曾出现。

如今，过了将近一年，没有任何警告，没有任何预兆，就在整个不幸事件看来即将悄悄告终之际，甚至琼斯都已显现热诚渐减的时候，它突然一发不可收拾。

他现在面对着一个不同的琼斯，这个琼斯的愤怒不只冲着萨克，而且波及了阿贝尔。

“我会这么愤慨，”这位利拜尔人透露了一部分，“不是因为你的情报员一直跟在我后头。想必你行事谨慎，对任何事、任何人都不敢信赖。就这一点而言，我能接受。可是找到我们的人之后，为什么我没有立即接到通知？”

阿贝尔一只手轻抚着座椅扶手的暖和布料：“事态很复杂，一向很复杂。我当初做好安排，若有任何未经授权的人查询太空分析资料，除了通知你之外，也要向我手下某些情报员报告；我甚至想到你可能需要保护。可是在弗罗伦纳……”

琼斯以苦涩的口吻说：“没错。我们都是笨蛋，没考虑到这点。我们花了将近一年的时间，证明我们在萨克上到处都找不到他。他必定一直在弗罗伦纳，而我们却从未想到。无论如何，现在我们找到他了，或者该说给你找到了。想必你会安排我见他一面？”

阿贝尔没有直接回答，他说：“你说他们告诉你，这个叫柯洛夫的人是川陀的情报员？”

“不是吗？他们为什么要说谎？或是他们的情报错误？”

“他们没有说谎，情报也没有错误，他担任我们的情报员已有十年之久。他们竟然早就知道，这点令我相当忧心。这使我不禁怀疑，他们对我们还知道多少，以及我们的组织究竟有多松散。可是他们为什么急于告诉你他是我们的人，难道你不觉得奇怪吗？”

“我猜因为那是实情，而且这样一来，我就再也不会为难他们。否则我将提出进一步请求，而这只会引起他们与川陀之间的麻烦。”

“实情是外交官之间的毒药。比起让我们知道他们对我们的了解程度，让我们及时掌握机会，收回破损的网，补好之后重新张开，他们还能为自己制造什么更大的麻烦？”

“请回答你自己提出的问题。”

“我说，他们告诉你柯洛夫的真实身份在他们掌握中，是为了摆出一种胜利的姿态。他们知道不论保密或是透露这项事实，都不会对他们有任何帮助或伤害，因为早在十二小时之前，我就获悉他们知道柯洛夫是我们的人。”

“但你是怎么知道的？”

“借着最不可能弄错的一项线索。听着！十二小时之前，川陀的情报员马特·柯洛夫，已遭弗罗伦纳巡逻队的一名成员射杀。他当时掌握的两个弗罗伦纳人，一男一女，男的八成就是你在寻找的那个野外人员。两人都不见了，消失了，想必他俩已落入那些大亨的手中。”

琼斯大叫一声，差点从座位中站起来。

阿贝尔冷静地将一杯酒举到唇边。“我无法采取任何正式行动。那名死者是个弗罗伦纳人，而那两个消失的人同样也是，即使我们能够提出反证。所以你看，我们受到严重挫败，现在更是被愚弄了一番。”

第七章
巡警

愚可亲眼目睹面包师惨遭杀害。他看见一柄手铳悄悄一推，面包师立刻瘫倒在地，没有发出任何声音；他的胸部向内凹陷，烧成焦黑的一团。对愚可而言，事前大多数及事后所有的记忆，都被这个景象淹没了。

他依稀记得巡警最初接近的经过，以及他们悄悄地、满怀杀机地拔出武器的动作。面包师曾抬起头来，正准备开口，却来不及吐出一生最后一个字。然后一切就发生了，愚可立刻听见血液的喷溅声，还有来自四面八方的尖锐喧哗，就像是一条泛滥的河流。

愚可经过数小时睡眠而恢复的神智，片刻间烟消云散。那名巡警曾试图冲向愚可，他在呐喊的男男女女间拼命向前挤，仿佛人群是一团黏滞的泥泞，他必须拖着沉重的脚步迈进。愚可与瓦罗娜随着人潮旋转，逐渐被带离原地。他们是一团小漩涡，当巡警的飞车开始在头顶盘旋时，两人不停地打转、不停地摇摆。瓦罗娜催促愚可向前走，向城市的近郊前进。一时之间，他又成了昨天那个受惊的儿童，而不是今晨那个准成人。

今天清晨，他在灰蒙蒙的晨曦中醒来，但在那间没有窗户的房间里，他无法看见那道曙光。他在原地躺了许久，检视着自己的心灵。经过这一夜，有些旧创愈合了，有些结构重新接好，成了完整的一部分。两天以前，在他开始“记起”的那一刻，这一切就蓄势待发。昨天整整一天，这个过程都在进行。前往上城与图书馆的行程，对巡警的攻击与其后的逃亡，和面包师的巧遇——对他而言，这些事都扮演着催化剂的角色。他心灵中的纤丝已蜷曲着静止多时，今天终于被猛力拉直，强迫投入痛苦的活动。而现在，睡了一觉之后，它们开始产生微弱的搏动。

他想到了太空与星辰，想到了一大片孤独的空间与极度的静寂。

最后，他将头转向一侧，开口道：“罗娜。”

她随即惊醒，用一只手肘撑起身子，向他这边望来。

“愚可？”

“我在这里，罗娜。”

“你好吗？”

“当然。”他无法压抑内心的兴奋，“我感觉很好，罗娜。听着！我记起了更多的事。我曾在一艘太空船上，而且我知道确切的……”

可是她没有在听他讲话。她迅速套上套装，背对着他压平接缝，拉上前胸的拉链，接着又紧张兮兮地摸索皮带。

然后，她才蹑手蹑脚地走向他：“我没打算睡觉，愚可，我试着保持清醒。”

愚可感到被她的神经质传染了：“有什么不对吗？”

“嘘，别说得那么大声，一切都很好。”

“镇长在哪里？”

“他不在这里，他……他不得不走。你何不再睡一觉，愚可？”

她伸出手臂想搂搂他，却被一把推开。他说：“我很好，我不想睡觉，我想要把太空船的事告诉镇长。”

可是镇长不在那里，而瓦罗娜又不愿意听。愚可终于平静下来，第一次对瓦罗娜感到不耐烦。她把他当小孩一样对待，而他已开始感到自己像个大人。

此时一束光线钻进室内，跟在后面的是面包师的硕大身形。愚可对他猛眨眼睛，心惊胆战了一阵子。瓦罗娜的臂膀悄悄来到他的肩头时，他并没有完全排拒。

面包师的厚嘴唇扯出一个微笑。“你们起得真早。”

两人皆未答腔。

面包师又说：“这样也好，你们今天要离开这里。”

瓦罗娜感到口干舌燥，她说：“你不会把我们交给巡警吧？”

她记得在镇长离去后，他望向愚可的那种神情。现在他仍然望向愚可，只望着他一个人。

“不是交给巡警。”他说，“我已经通知该通知的人，你们会很安全。”

说完他掉头就走，但不久便回来，并带来了食物、衣服与两盆水。那些衣服都是新的，而且看来怪异无比。

他一面看着他们进食，一面说：“我要给你们两个新的名字和新的身份。你们好好听着，我可不希望你们忘记。你们不是弗罗伦纳人，明白吗？你俩是来自渥特克斯行星的兄妹，你们来到弗罗伦纳……”

他继续说下去，补充了许多细节，又反过来问他们，听听他们如何回答。

愚可很高兴有机会表现他的记忆力与高超的学习能力，可是瓦罗娜的双眼透着深沉的忧虑。

面包师当然不是瞎子，他对女孩说：“你只要给我添一点点麻烦，我就把他单独送走，把你留下来。”

瓦罗娜强壮的双手如痉挛般紧紧攥着。“我不会给你添任何麻烦。”

等到上午过了将近一半，面包师站起来，说了一句：“我们走！”

他最后的一项行动，是将柔软假皮制成的黑色卡片塞进他们前胸口袋中。

一走出室外，愚可看清自己的模样，不禁大吃一惊，他没想到衣服竟然能这么复杂。刚才有面包师帮他穿上，可是谁会帮他脱下来呢？瓦罗娜现在看来根本不像农村女子，她连双腿也罩上轻薄的布料，还垫高了鞋跟，所以她走路时得小心保持平衡。

路人聚在四周，痴痴望着他们，还叫来更多的人。他们主要是儿童、购物的妇人，以及衣衫褴褛、游手好闲的混混。面包师似乎对他们视若无睹，他带着一根粗棍子，偶尔有人凑得太近，那根棍子就会来到那人两腿之间，好像只是凑巧一样。

当他们离开面包店仅一百码远，才刚转一个弯的时候，围观群众的外围开始骚动，愚可随即认出一名巡警的银黑相间制服。

变故就是在那时发生的。巡警亮出武器轰击面包师，接着出现狂乱的逃亡。从此可有任何一刻恐惧不在他的心中，而那巡警的阴影不在他的背后？

他们来到城市外缘一个肮脏的地区。瓦罗娜猛喘着气，她的新衣服透出了好几块汗渍。

愚可边喘边说：“我再也跑不动了。”

“我们非跑不可。”

“不是像这样。听着，”他坚决地抽回被她用力抓住的手，“听我说。”

恐惧与惊慌正离他远去。

他说：“我们何不继续做面包师要我们做的事？”

她反问：“你怎么知道他本想要我们做什么？”她十分焦虑，只想继续逃跑。

他说：“他要我们假装自己是从另一个世界来的，还给了我们这个。”愚可越说越兴奋，并从口袋里掏出那个小卡片，翻来覆去打量一番，还试图把它打开，仿佛那是一本小册子。

他无法做到，里面并没有夹页，于是他开始摸索边缘。当他的手指按到某一角时，他听到，或者该说感觉到有东西下凹，朝他的一面随即变成惊人的乳白色。上面映出的密密麻麻的文字不容易看懂，不过他还是仔细辨认那些字迹。

最后他说：“这是一本护照。”

“那是什么？”

“让我们能到别处去的东西。”他确定这一点，“护照”这个词是忽然在他脑海浮现的，“你看不出来吗？他打算让我们离开弗罗伦纳，搭乘一艘太空船离去。我们就照原定计划行事。”

她说：“不，他们阻止了他，他们杀了他。我们不能那么做，愚可，我们不能。”

他对这点相当坚持，喋喋不休地说：“但这将是最好的办法，他们料不到我们会那样做。而且，我们不要登上他要我们登上的那艘太空船，他们会监视那一艘。我们登上另一艘船，其他任何一艘。”

一艘太空船，任何一艘，这些字眼在他耳中回荡。这究竟是不是个好主意，其实他不在乎。他要登上太空船，他想要到太空去。

“拜托，罗娜！”

她说：“好吧，如果你真那样想。我知道太空航站在哪里，当我还小的时候，我们有时会在休工日到那里去，在远处观看太空船升空。”

他们又开始赶路。有一种轻微的不安搔抓着愚可的意识入口，却不得其门而入。那是不太遥远、属于相当晚近的记忆，是他应该记得却不记得的一件事。

他一心想着那艘等待他们的太空船，心中这件事遂被盖过。

把守入口关卡的那个弗罗伦纳人，今天感到兴奋无比，不过兴奋的原因和他自己没什么关系。他听到一些私下流传的故事，内容是昨天傍晚有人攻击巡警，然后逃之夭夭。到了今天早上，那些传言又自动膨胀，甚至有耳语说好些巡警遭到杀害。

他不敢离开工作岗位，但他伸长脖子看着空中飞车经过面前，以及面容冷酷的巡警一个个离开。太空航站的巡警分遣队一再裁员，直到什么人都没再剩下。

他们正在城中布满巡警，他想，而且同时感到恐惧与酩酊的快意。想到巡警被人杀害，为什么会使他高兴呢？他们从来不找他麻烦，至少几乎没有。他有一份好工作，跟那些愚蠢的农民不一样。

可是他仍然高兴。

他几乎没时间检查面前的两个人。他们满身大汗，看来令人生厌；穿着一身古怪的服装，让人一眼就能看出是外国人。此时，那个女的正把护照送进窗口。

他看了她一眼，再看看护照，又看了看限制出境名单。然后他按下一个按钮，两条半透明胶带便跳到他们面前。

“走吧。”他不耐烦地说，“把它戴在手腕上，继续向前走。”

“我们的太空船是哪一艘？”那女的礼貌地悄声问道。

这句话让他很开心。外国人不常来弗罗伦纳太空航站，最近几年甚至变得越来越罕见。不过，真正来到的外国人既不是巡警也不是大亨，他们似乎不晓得你只是个弗罗伦纳人，因而对你说话客客气气。

这使他觉得自己高了两英寸。“女士，你到十七号泊口就能看到，祝你前往渥特克斯的旅程愉快。”他以气派大方的口吻说。

然后他又埋头于原先的工作，包括偷偷打电话给城中的朋友，探听进一步的消息，以及以更谨慎的方式，试图窃听上城的私人能束通话。

直到数小时后，他才发觉自己犯了一个可怕的错误。

愚可说：“罗娜！”

他拉扯她的手肘，向前迅速指了指，又悄声道：“那艘！”

瓦罗娜狐疑地望着他指的那艘太空船。它比他们应该搭乘的十七号泊口处那艘小很多，不过看来更加耀眼。那四个气闸张大了口，主舷门则裂开一条缝，一道斜梯从那里直通地面，就像一条伸得长长的舌头。

愚可说：“他们在换空气。通常都在起飞前帮太空客船换气，排掉循环使用的罐装氧气累积的气味。”

瓦罗娜瞪着他说：“你怎么知道？”

愚可觉得虚荣心油然而生：“我就是知道。你看，现在不会有任何人在里面。通风设备开着的时候，待在里面可不舒服。”

他不安地四下望了望。“不过，我不知道为什么附近没什么人。你以前来看热闹的时候，是不是就像这样？”

瓦罗娜并不这么想，可是她几乎记不得了，儿时的记忆早已变得遥不可及。

当两人拖着颤抖的双腿爬上斜梯的时候，四周不见任何一名巡警。他们看到的只有平民雇员，他们全都在专心做着自己的工作，由于距离遥远，每个身形都显得很小。

他们走进舱内的那一瞬间，流动的空气迎面而来，将瓦罗娜的套装吹胀。她不得不用双手压住，裙摆才不至于飞起来。

“一直都像这样吗？”她问道。她从未上过太空船，也从没有这种梦想。她的嘴唇紧紧抿起，心脏怦怦跳个不停。

愚可说：“不，只有在换气的时候。”

他欢喜地走在金属材质的通道上，急切地检视着每一间空舱房。

“这里。”他说——那是一间厨舱。

他又很快地说：“食物不算顶重要，没有食物我们也能撑一阵子，重要的是水。”

他在摆得整齐、叠得紧密的器皿间到处翻寻，找到一个有盖的大型容器。他又四下寻找水栓，还一面喃喃祈祷，祈望他们没忘把水槽加满。当汲水的轻柔声音传来、稳定的水流涌出之际，他不禁咧嘴一笑，总算松了一口气。

“好，拿一些罐头，别拿太多，我们可不想让他们注意到。”

愚可绞尽脑汁设想不被发现的方法，再次探索着记不太清楚的事物。偶尔，他仍会撞到思想中那些断层，而他总是怯懦地避开，拒绝承认它们的存在。

最后他找到一间小舱房，里面存放着救火设备、熔接设备，以及紧急医疗与外科必需品。

他以不太有自信的口吻说：“除非有紧急事件，他们不会来这里。你害怕吗，罗娜？”

“跟你在一起我就不怕，愚可。”她谦卑地答道。两天以前，不，十二小时以前，情况还刚好相反。可是登上太空船后，两人的性格同时起了变化，这点她毫无疑问。结果愚可成了大人，而她则变成一个孩子。

他说："我们不能开灯，否则他们会注意到电力流失。我们必须等到休息期间才能上厕所，而且出去一定要避开值夜人员。"

通风设备突然停止运转。不再有冰凉的空气吹到他们脸上，远处轻柔、稳定的嗡嗡声也消失了，取而代之的是无所不在的静寂。

愚可说："他们很快就要登船，然后我们便会进入太空。"

瓦罗娜从未在愚可脸上见到这般喜悦，他好像是个热恋中的少年，正准备去会见情人。

如果说，当天清晨醒来的时候，愚可感到自己像个大人，他现在就是个巨人，伸开双臂能够拥抱整个银河。群星成了一粒粒的弹珠，星云则是有待扫除的蜘蛛网。

他在一艘太空船上！那些记忆像一股不断冲回的洪流，其他的记忆只好赶紧让位。他很快忘掉了蓟莆田、加工厂，以及瓦罗娜晚上对他轻哼的歌曲。在记忆织锦中，那些只是暂时的补缀，如今织锦松断的边缘开始缓缓织合。

都是太空船的功劳！

如果他们早就把他放在一艘太空船上，他不需要花那么久等待烧坏的脑细胞自动愈合。

他在黑暗中轻声对瓦罗娜说："别担心。你将感到几下振动，听到一阵噪音，不过那只是发动机引起的。还会有很大的重量压到你身上，那是加速度。"

弗罗伦纳的普通词汇无法描述这个概念，他用的是个突然浮现心头的词汇，瓦罗娜根本听不懂。

她问："会痛吗？"

他答道："会非常不舒服，因为我们没有抗加速衣来吸收压力，不过不会持续太久。只要靠着这面舱壁站好，当你感到有股力量将你推向它的时候，把全身放松。看，已经开始了。”

他选的舱壁果然正确。当超原子推进发动机的噪音逐渐增强时，感觉上重力开始转向，原本垂直的舱壁似乎变得越来越倾斜。

瓦罗娜抽噎了一下，然后呼吸不知不觉变得困难，再也发不出任何声音。他们的胸腔没有液压吸收器的保护，当他们试图吸入一点点空气，以纾解窒息的肺脏时，喉咙便感到好似被锉刀锉过。

愚可设法吐出几个字，任何字句都好，只要能让瓦罗娜知道他在身边，并能缓和她对未知的极度恐惧——他知道那是必然的。这只是一艘太空船，只是一艘极佳的太空船，可是她以前从未登上任何太空船。

他说：“等会儿当然还有跃迁，我们将进入超空间，在一瞬间穿越两星之间大部分的距离。那一点也不会让你难过，你甚至不会知道它发生了。跟现在比起来，跃迁简直不算什么，只是体内会感到轻微抽动，然后就结束了。”他一个字一个字咕噜咕噜地吐出来，花了好长时间才说完。

他们胸口的重量慢慢离去，将他们绑缚在墙壁上的隐形铁链也逐渐松开，最后终于消失。这时，他们喘着气跌在地板上。

过了好久，瓦罗娜才终于开口：“你受伤了吗，愚可？”

“我，受伤？”他勉强笑了笑。他尚未调匀呼吸，但是听到他竟会在太空船上受伤这种说法，他仍然忍不住笑出声来。

他说：“我曾在一艘太空船上住了许多年，每次都有好几个月不曾降落任何行星。”

“为什么？”她问。她已经爬到他身边，将一只手放在他脸颊上，以确定他仍在那里。

他用手臂搂住她的肩膀，她则安静地靠在他臂弯里，接受着如同反哺的安慰。

“为什么？”她又问了一遍。

愚可记不得为什么。他就是那么做过，他厌恨在任何行星着陆。基于某种原因，他必须留在太空，可是他记不得为什么。

他再度避开这道记忆的断层。“我曾有一份工作。”

“没错，”她说，“你分析一场空。”

“对啊，”他很高兴，“那正是我的工作。你知道那是什么意思吗？”

“不知道。”

他并未指望她听得懂，但是他必须说下去。他一定要沉湎在记忆中，要纵情庆祝自己能在瞬间召回过去的记忆。

他说：“你可知道，宇宙中所有的物质都是由一百多种原料构成，我们将这些原料称为元素。例如铁和铜都是元素。”

“我以为它们是金属。”

“它们是金属，但也是元素。此外，氧、氮、碳与钯也都是。而最重要的则是氢与氦，这两者是最简单、最普遍的元素。”

“我从来没听说过这些。”瓦罗娜若有所思地说。

“宇宙中百分之七十五的元素是氢，其他大部分是氦，甚至太空中也一样。”

“有人告诉过我，”瓦罗娜说，“太空是一种真空。他们说这就代表里面什么也没有，这样说有错吗？”

“并不尽然，应该说‘几乎什么也没有’。可是你知道，我是个太空分析员，这意味着我在太空中飞来飞去，收集并分析其中极微量的元素。我的意思是，我负责判断氢有多少，氦有多少，其他元素又有多少。”

“为什么？”

“这个嘛，这很复杂。你可知道，太空中元素的分布并非处处相同。在某些区域，氦的比例比正常值高些；而在其他地方，则是钠的比例高于正常值；其他元素也一样。这些组成特殊的区域蔓延在太空中，好像许多条暗流，它们叫做太空原子流。了解这些原子流如何分布是很重要的事，因为这有助于解释宇宙如何创生、如何演化。”

“它怎么解释呢？”

愚可迟疑了一下：“没有人知道确切的答案。”

他匆匆打住，感到很不好意思。他的心灵终于寻获的巨大知识宝库，竟然这么容易就出现标示着“未知”的尽头，而发问者却是……却是……他突然觉悟到，毕竟瓦罗娜只是个弗罗伦纳的农家女。

他说：“此外，我们在银河各处找出这个太空气体的密度，你知道吧，也就是浓度。它在各处都不一样，而我们必须知道它的确切本质，太空船才能做出超空间跃迁的精确计算。这就像……”他的声音逐渐消失。

瓦罗娜吓呆了，不安地等待他讲下去，可是接下来只有一片沉默。

在全然黑暗中，传来她嘶哑的声音：“愚可？有什么不对劲，愚可？”

仍旧是一片沉默。她的双手摸到他的肩头，再使劲摇晃他。“愚可！愚可！”

不料，回答的声音属于原先那个愚可。声音中充满虚弱与恐惧，刚才的喜悦与信心全消失了。

“罗娜，我们做错了一件事。”

“怎么回事？我们做错了什么？”

巡警射杀面包师的景象浮现在他心头，既深刻又清晰，仿佛是被其他许多明确的记忆召唤回来的。

他说：“我们不该逃走，我们不该登上这艘太空船。”

他拼命发抖，无法控制自己。瓦罗娜试图用手拭去他额头上的汗水，结果只是白忙一场。

“为什么？”她追问，“为什么？”

“因为我们应该知道，如果面包师愿意大白天带我们出来，他就该料定不会有巡警来找麻烦。你记得那名巡警吗？射杀面包师的那名巡警？”

“记得。”

“你记得他的面孔吗？”

“我没敢看。”

“我看到了，有件事很奇怪，可是我没有细想，我没有细想。罗娜，那根本不是什么巡警。那是我们的镇长，罗娜，那是装扮成巡警的镇长。”

第八章
贵妇

莎米雅·发孚身高刚好五英尺，此时，她全身六十英寸都处于颤抖的盛怒状态。她平均每英寸重一磅半，而在此刻，她九十磅的体重每磅都代表着十六盎司的怒意。

她在房间中快步走来走去。她的一头黑发高高盘起，高跟鞋为她添了几分高挑，而她那显眼的尖下巴正在打颤。

她说："哦，不。他不会这样对我，他不能这样对我。船长！"

她的声音尖锐，而且带着权威的分量。瑞斯提船长应声鞠了一躬："大小姐？"

对任何弗罗伦纳人而言，瑞斯提船长当然是个"大亨"。理由很简单，对任何弗罗伦纳人而言，所有的萨克人都是大亨。可是在萨克人眼中，则有大亨与真正的大亨之分。船长只是个大亨，莎米雅·发孚则是真正的大亨，或者说是完全等同于这个头衔的女性。

"大小姐？"他又问。

她说："我不该再受别人操纵。我已经成年，是我自己的主人，我选择留在这里。"

船长小心翼翼地说:“请您了解，大小姐，这个决定与我无关，没有人征求过我的意见。我接到明确而直截了当的指示，告诉我该怎么做。”

他摸索着命令的副本，动作不怎么带劲。早先，他曾两度试图向她提出这项证据，她却拒绝接受，仿佛只要没看见，她就能继续心安理得地否认他肩负的责任。

她又将先前的话照说了一遍:“我对你的命令毫无兴趣。”

她转过身去，脚跟带起“叮”的一声，便迅速与他拉开距离。

他跟在她后面，轻声道:“这份命令包括如下的指示：如果您不愿意跟我走，请恕我直言，我就得把您押到太空船上。”

她猛然转身:“你不敢做这种事。”

“只要我考虑到，”船长说，“命令我这样做的是谁，我就什么都敢做。”

她试着来软的:“不用说，船长，根本没有真正的危险。这相当荒唐，简直就是疯了。这个城是和平的，要说发生了什么事，不过是昨天下午有个巡警在图书馆被打昏了。真的！”

“今天清晨，另一名巡警遭到杀害，又是来自弗罗伦纳人的攻击。”

这使她动摇了，但她淡褐色的脸庞变得阴沉，一双黑眼睛眨了一下。“这跟我有什么关系？我又不是巡警。”

“大小姐，太空船正在做升空准备，很快就要离去，而您一定要在上面。”

“那我的工作呢？我的研究呢？你可了解……不，你不会了解。”

船长什么也没说，而她已经转过头去。她身上那件铜色蓟苘织成的闪亮套装，还有其中乳白银色的织线，将她的肩头与上臂衬托得格外温暖柔滑。瑞斯提船长望着她，除了普通萨克人对一名贵妇应有的礼貌与谦卑，他的目光中还多了些东西。他暗自纳闷，这样一个秀色可餐的可人儿，怎会将时间花在模仿大学研究员的学术研究上。

莎米雅自己也很明白，她对学术的认真态度使她成为众人嘲笑的对象，可是她不在乎。那些人总是认为，萨克的贵妇应该全心全意投入豪华的社交生活，最后当一个孵卵器，孵出不多不少刚好两个未来的萨克大亨。

女性朋友总是来问她："你真的在写书吗，莎米雅？"然后要求看看手稿，再吃吃笑成一团。

至于男性则更糟，他们总是难掩高傲的态度，而且怀着显然的成见，认为他们只要瞥她一眼，或者伸手搂搂她的腰，就能治愈她的妄想，将她的心思转到真正重要的事情上。

这种事几乎从她懂事时就已经开始，因为她一向对蓟芾情有独钟，而大多数人只将它视为理所当然。蓟芾！织品之王，织品之皇，织品之神——根本没有任何比喻足以形容。

就化学成分而言，它不过是一些纤维素，这点化学家可以发誓。不过，虽然动用了所有的仪器与理论，他们始终无法解释为什么在弗罗伦纳上，而且整个银河中也只有在弗罗伦纳上，纤维素会变成蓟芾。那是一种物理状态的差异，他们这么说。但若是问他们，那究竟是与普通纤维素如何不同的物理状态，他们便会哑口无言。

最初，她是从保姆那里了解到人们的无知。

"它为什么闪闪发光，阿姨？"

"因为它是蓟芾，米雅亲亲。"

"别的东西为什么不会这样闪闪发光，阿姨？"

"别的东西不是蓟芾，米雅亲亲。"

这就足以说明一切。不过直到三年前，才有人就这个题目写成两巨册的专著。她曾仔细读过一遍，发现所有内容都能归纳成保姆所做的解释。蓟茴之所以是蓟茴，就因为它是蓟茴；而其他东西不是蓟茴，则因为它们不是蓟茴。

当然，蓟茴本身不会闪闪发光，但是经过适当的纺织，便会在阳光下发出金属般的光芒，同时呈现多种色彩甚至所有的色彩。而另一种处理形式，则能使它的纤维具有钻石的光彩。此外只要稍微加工，它就能在摄氏六百度高温下丝毫无损，而且几乎不与任何化学品产生作用。用它的纤维纺成的纱，能比最精巧的合成丝更纤细，而同样的纤维所具有的抗拉强度，则使任何已知的合金钢望尘莫及。

它比人类已知的任何物质用途更广，而且更为千变万化。假如不是因为过于昂贵，那么在无数的工业用途上，它都可以取代玻璃、金属或塑胶。即使如此，在光学设备中，它是十字标线的唯一材料；在制造超原子发动机的流程中，它被用作铸造液钟的铸模；而在金属过脆或过重或两者兼具的场合，它是一种质量轻、寿命长的代用品。

但是前面提到过，这些都只是小规模的用途，因为无法做到大量使用。实际上，弗罗伦纳的蓟茴收成大都制成布料，然后剪裁成银河历史上最美妙的服装。弗罗伦纳为百万世界的贵族生产衣裳，因此，单单一个世界——弗罗伦纳的蓟茴收成，理所当然成为一种稀有珍品。平均在一个世界上，仅仅二十名女性可能拥有几套蓟茴质料的套装；另有两千人也许拥有那种质料的休闲夹克，或是一双手套；而其他两千万名妇女则在远处眼巴巴地观望。

银河中百万个世界，对于炫耀成性的人有个共同的通俗说法。在银河标准语中，它是各地都容易理解并毫无误解的唯一一句成语。那就是:“你可想象她会用蓟芾擤鼻涕!”

莎米雅长大一点后，曾向她的父亲求教。

“蓟芾是什么，爸爸?”

“它是你的面包和奶油，米雅。”

“我的?”

“不只是你的，米雅，它是整个萨克的面包和奶油。”

当然如此!她很容易就了解到其中的缘由。放眼银河，没有一个世界未曾试图在自己的土壤种植蓟芾。起初，任何人若将蓟芾种子走私运出那颗行星，不论是当地人或外国人，只要被抓到，一律会被处以死刑。即使如此，也从未阻止那些成功的走私活动。直到数个世纪后，萨克人才逐渐了解真相，从而废止了那条法律。如今，任何地方的人都欢迎购买蓟芾种子，价钱当然与织好的蓟芾布料一样(根据重量计算)。

他们可以拿去，因为结果证明除了弗罗伦纳之外，银河其他各处长出的蓟芾都只是纤维素。苍白、平淡、脆弱、无用，甚至算不上棉花。

是不是土壤里有些什么?还是弗罗伦纳的太阳具有某种特殊的辐射?抑或是因为弗罗伦纳生物圈中的菌落结构?所有的可能都试验过。有人取得弗罗伦纳土壤的样本;有人制造出人工弧光，可完全模拟弗罗伦纳之阳的已知光谱;还有人让外星土壤感染上弗罗伦纳的细菌。但蓟芾总是长成苍白、平淡、脆弱、无用的植物。

有关蓟芾的故事简直说不完，永远挂一漏万。此外还有好些资料藏在科技报道、研究论文，甚至旅行指南里面。五年以来，莎米雅一直梦想写出一本真正讲述蓟芾的书籍，内容包括生长它的土地，以及种植它的人民。

那是个广受嘲笑的梦想，但她的决心从未动摇。她坚持要到弗罗伦纳旅行一趟，她要在那些田野待上一季，并且在加工厂待几个月。她还要……

不过，重要的是她现在准备怎么做？她奉命得立刻回去。

借着一股向来支配她每项行动的冲动，她突然有了决定。她可以在萨克上继续奋战；她暗自向自己保证，要在一周之内重返弗罗伦纳。

她转向船长，以冷淡的口气说："我们什么时候出发，船长？"

莎米雅一直留在观景舷窗旁，望着依稀可见的弗罗伦纳星。它是个四季如春的绿色世界，就气候而言比萨克可爱得多。她一直期待研究那些当地人；她不喜欢萨克上的弗罗伦纳人，那是一群无趣的男性，当她经过这些人的时候，他们从来不敢望她一眼，总是立刻背对着她，因为法律是这样规定的。然而，在他们自己的世界上，根据各方一致的报道，那些当地人个个快快乐乐、无忧无虑。他们想当然地没有责任感，而且像小孩子一样不懂事，不过他们很有魅力。

瑞斯提船长打断了她的思绪。他说："大小姐，您是否该回房休息了？"

她抬起头来，两眼间挤出细微的垂直皱纹："你又接到什么新的命令，船长？我是囚犯吗？"

"当然不是，这只是预防措施。在我们起飞前，发射场通常都是空的。但似乎发生了另一桩凶杀案，而且又是弗罗伦纳人干的，航站的巡警分遣队都进入城中，加入了追捕凶手的行列。"

"这事和我有什么关系？"

"只不过是在这种情况下，连我都该派个警卫在自己身边——我承认自己会不高兴——可能会有未经许可的人员登上太空船。"

"为了什么？"

“我不敢说，但不会是令人愉快的事。”

“你在胡思乱想，船长。”

“只怕并非如此，大小姐。当我们和弗罗伦纳的太阳只有行星级的距离时，我们的能量计当然没用，可是现在情况不同了。只怕在紧急设备储藏室中，有明确的过量热辐射。”

“你这话当真吗？”

船长瘦削、毫无表情的脸孔漠然面对她一会儿。然后他说：“它和两个普通人放出的热辐射等量。”

“或许是某人忘记关的一个热源。”

“我们的电源没有流失，大小姐。我们即将展开调查，大小姐，只求您先回房休息。”

她默默点了点头，便离开那间舱房。两分钟后，船长以冷静的声音，透过通话管从容不迫地说：“有人闯进紧急设备储藏室。”

假使米尔林·泰伦斯曾将紧绷的神经稍微放松一些，就会很容易、甚至感到万幸地进入歇斯底里的状态。他赶回面包店的时间晚了一点，那时他们已经离去。纯粹是由于运气，才让他在街上遇见他们。他下一个行动早已注定，毫无自由选择的余地。于是面包师倒在他面前，死状甚为恐怖。

接下来，在群众的团团转中，愚可与瓦罗娜消失在人潮里，而巡警的空中飞车，里面载着真正的巡警，开始像秃鹰般在上空出现。他能怎么办？

他的第一个冲动是去追愚可，但他很快打消了这个念头。那样做没有好处，他永远找不到他们，而且巡警抓到他的机会太大。于是他朝另一个方向匆匆跑开，向面包店前进。

他唯一的机会系于巡警组织本身。平静的日子已经过了几代，至少有两个世纪，弗罗伦纳人没有值得一提的叛乱活动。镇长的制度极其成功（想到这里，他狠狠地咧嘴一笑），从有镇长以来，巡警就只剩下例行的警察勤务。他们缺乏优秀的团队默契，那要在更艰困的情况下才培养得出来。

因此，他才有可能在清晨走进一所巡警局。他的图像一定已经送到那里，不过显然无人多加注意。单独值班的巡警一副冷淡兼悻悻然的表情，要泰伦斯说出来此的目的。可是泰伦斯的目的包括送来一根截面二乘四英寸的塑胶棍，那是他从近郊一间破屋墙上扭下来的。

他用塑胶棍击向那名巡警的头颅，然后取走巡警的制服与武器。他的犯罪记录已如此骇人，要是发现那名巡警已经气绝，而并非只是昏迷，也不会令他有一点点不安。

他仍旧逍遥法外，生锈的巡警司法机器徒然发出吱吱怪声，目前为止还没有追上他。

泰伦斯来到面包店。那位年老的助手原本站在门口，试图看清楚骚乱究竟是怎么回事，不过只是白费工夫。当他见到那身可怕的银黑相间制服时，立刻发出一小声怪叫，同时退进面包店内。

镇长向他冲过去，用他的胖手掌扭住那人沾着面粉的宽松领子："面包师正往哪里去？"

那老人张大嘴巴，可是没有发出声音。

镇长又说："我在两分钟前杀了一个人，我不在乎再杀一个。"

"拜托，拜托。我不知道，长官。"

"你不知道就得死。"

"可是他没告诉我，他好像订了什么票。"

"你偷听到的，是吗？你还偷听到些什么？"

"他提到一次渥特克斯，我想他订的是太空船的票。"

泰伦斯一把将他推开。

他必须等待，必须等到外面激烈的情势好转些。这就是说，他必须冒着真正的巡警来到面包店的危险。

不过要不了多久，要不了多久。他能猜到当初的伙伴会怎么做，愚可当然不可预测，但瓦罗娜是个聪明的女孩。从他们逃跑的方式看来，他们一定把他当成真正的巡警，而瓦罗娜作出的判断，当然是唯有继续沿着面包师安排的路线逃亡，才能确保他们的安全。

面包师帮他们订好票，一艘太空船正在等待，想必他们会去那里。

而他必须赶在他们前面。

如今的情况已经没有退路，其他一切都不重要了。假如他失去愚可，假如他失去这个对付萨克暴君的潜在武器，他自己送命只是小小的损失。

所以他在离去时，心中没有任何忧惧。虽然那是大白天；虽然两辆空中飞车近在眼前；虽然巡警现在一定知道，他们寻找的是个穿着巡警制服的男子。

泰伦斯知道应该前往哪座太空航站。在这颗行星上，这种太空航站只有一座。上城有十几座供私人太空游艇起降的小型航站；此外整个行星还有数百座货运航站，专供丑陋的太空货船载运大捆蓟芇布料前往萨克，并载回机器与简单的消费品。可是在这么多太空航站中，只有一座对普通旅客开放，包括较穷的萨克人、弗罗伦纳籍官员，以及设法获准来访弗罗伦纳的少数外国人。

站在入口关卡的那个弗罗伦纳人，带着十分浓厚的兴味目迎着泰伦斯，周围的真空已逐渐令他无法忍受。

“您好，长官。”他说，声音中带着狡猾的热切。毕竟，已经有好几名巡警遭到杀害。“城中可真热闹，是吗？”

泰伦斯没有上钩。他早已将弧形帽檐拉低，并且扣上短袖制服最上面的扣子。

他粗声叱喝道："刚才有没有两个前往渥特克斯的人进入航站，一男一女？"

那海关人员看来吃了一惊。他吞吞吐吐了一会儿，然后以严肃许多的声调说："有的，长官。大约半小时以前，或许没那么久。"他突然涨红了脸，"他们和那些事有任何关联吗……长官，他们的旅票毫无问题，我不会让没有合法凭据的外国人通过。"

泰伦斯没有答腔。合法凭据！面包师在一夜之间就设法弄到这一切。银河啊，他不禁纳闷，萨克行政部门究竟被川陀谍报组织渗透了多深？

"他们用什么名字？"

"贾瑞斯·巴尼和涵莎·巴尼。"

"他们的太空船走了没有？快回答！"

"没——有，长官。"

"哪个泊口？"

"十七号。"

泰伦斯强迫自己不可奔跑，但他的步伐与奔跑相差无几。假如附近有一名真正的巡警，那么这段匆匆忙忙、威严尽失的小跑步将是他的最后一程自由行动。

在那艘太空船的主气闸处，站着一名穿着高级船员制服的太空人。

泰伦斯微微喘息。"贾瑞斯·巴尼和涵莎·巴尼有没有登船？"

"没有，他们没来。"那名太空人泰然自若地说。他是个萨克人，因此对他而言，巡警只是穿上制服的普通人。“你有口信给他们吗？”

泰伦斯的耐性终于决堤，他说：“他们没有登船！”

“我是这么说的没错。而且我们不会等他们，我们将按时离去，不论有没有他们两人。”

泰伦斯掉头就走。

他再度回到关卡亭。“他们是不是走掉了？”

“走掉了？谁啊，长官？”

“巴尼兄妹，前往渥特克斯那两位，他们没在那艘太空船上。他们是不是走了？”

“没有，长官，据我所知没有。”

“会不会从其他关卡走掉？”

“那些都不是出口，长官，这里是唯一的出口。”

“赶紧查，你这可怜的白痴。”

海关人员在惊慌状态中举起通话管。从没有巡警这样怒气冲冲地对他说话，他深恐后患无穷。

两分钟后，他放下通话管：“没有人离去，长官。”

泰伦斯瞪着对方。在他的黑色警帽下面，沙色的头发已经湿透，正紧贴着他的头皮，他的两颊则滚下了微微发亮的汗珠。

他说：“他们进来之后，有没有任何太空船离开航站？”

海关查了查时间表。“有一艘，”他说，“定期太空客船努力号。”

他滔滔不绝地讲下去，急欲借着自动提供的情报，博取这个生气巡警的好感。“努力号在从事一趟特殊任务，将莎米雅·发孚贵妇从弗罗伦纳接回萨克。”

至于他是用什么精密的窃听方式探知这个“机密报告”的，他并没有作详细的解释。

可是对泰伦斯而言，现在一切都不重要了。

他慢慢向后退去。排除一切不可能的情况后，剩下的不论多么难以置信，却必定就是事实。愚可与瓦罗娜曾经进入太空航站，他们没有遭到逮捕，否则海关一定知道；他们并非在航站中游荡，否则他们现在一定已经被捕；他们也没有登上前往渥特克斯的太空船，那艘船尚未离开发射场。唯一离去的太空船是努力号，因此，不论是偷渡或是成了俘虏，愚可与瓦罗娜一定在那上面。

而这两个可能并无二致。假如他们试图偷渡，他们将很快成为俘虏。只有弗罗伦纳的农家女与心智被毁的白痴，才会不了解现代太空船根本不能当偷渡工具。

那么多太空船，他们偏偏选中载送发乎大亨之女的那一艘。

发乎大亨！

第九章
大 亨

发孚大亨是萨克上最重要的一个人，基于这个缘故，他不愿意让人见到他的站姿。他与女儿一样个子很矮，但她的身材十分匀称，而他则不然，因为他双腿太短了。他的身躯相当壮硕，脖子以上可谓相貌堂堂，可是他的身子安在了一双粗短的腿上，走起路来不得不笨重地摇摇摆摆。

所以他总是坐在一张办公桌后面。除了他的女儿、贴身的仆人，以及已经过世的妻子，其他人从未见过他有别的姿势。

此时他坐在那里。在他硕大的头颅上，长着几乎不见嘴唇的大嘴、鼻孔很大的宽阔鼻子，以及中间有条凹痕的尖削下巴。这样的一副尊容，同时能给人仁厚与顽固的双重印象。他的头发一律向后梳，几乎垂到肩膀，丝毫不重视发型；每根头发都是青黑色，没有夹杂一点灰白。他的两颊、唇边以及下巴附近隐约泛着青色，那是弗罗伦纳籍理容师与顽强生长的胡须一日奋战两次的成果。

这位大亨喜欢装模作样，这点他自己很明白。他拥有一副训练有素的表情，一双十指粗短的大手放在桌面上，双手轻轻交握着。

平滑光亮的桌面空无一物，没有一张纸，没有通话管，也没有任何装饰。借着这份单纯，凸显了大亨本身的存在。

他正在对面色惨白的秘书说话。他的声音有气无力，那是他对机械装置与弗罗伦纳籍官员说话时的专用声调。“我想全都接受了吧？”

他对答案早已胸有成竹。

他的秘书以同样有气无力的声调回答：“玻特大亨表示，由于正有要事缠身，使他无法比其他三位更早与会。”

“你告诉他了吗？”

“我说目前这件要事非同小可，任何延迟都是不智之举。”

“结果呢？”

“他会出现的，阁下。其他人则毫无保留地答应了。”

发乎微微一笑。早半小时、晚半小时不会有什么差别，重要的是这牵涉到一个新的原则。五大大亨对于自身的独立性太过敏感，这种敏感心理必须去除。

现在他正在等待。这个房间很大，其他人的位置都已备妥。时间是两点二十一分，这是那座大型精密时计显示的。一千年来，它的微放射性能源从未故障，也从来没有丝毫衰减。

这两天的变故是多大的一场震撼！或许在过去，这座古老的时计从未目睹类似规模的事件。

然而，在千年岁月中，这座时计曾经见过太多的事物。它开始计时之际，萨克还是个新世界，由数座人力建造的城市组成，与其他那些较古老的世界几乎没有接触。当时，这座时计挂在一座古老砖造建筑的墙壁上，如今那座建筑早已化为尘土。在三个短命的萨克“帝国”期间，毫无纪律的萨克军人统治着周围五六个世界，统治时间或长或短。这段日子里，它无动于衷地默默报时。而在邻近世界的舰队两度控制萨克期间，它的放射性原子仍按精准的统计规律逐一衰变。

五百年前，萨克发现与它最近的世界——弗罗伦纳——土壤中蕴藏着不可胜数的宝藏。打了两场胜仗之后，萨克人以征服者的身份建立起和平。从此萨克放弃了它的帝国，唯独拥抱弗罗伦纳，很快就成为银河的强权，崛起的速度连川陀都望尘莫及。这一切经过，这座时计都严肃地记录下来。

川陀觊觎弗罗伦纳，其他的强权也虎视眈眈。过去数世纪以来，太空各处曾有许多贪婪的手掌伸向弗罗伦纳，亟欲将它据为己有。可是萨克紧紧抓住它，宁愿发动银河战争也不愿放手。

川陀心知肚明！川陀心知肚明！

仿佛是这座时计的无声节奏，将这个单调的声音送进大亨的脑海。

时间是两点二十三分。

将近一年前，萨克的五大大亨有过一次聚会。那次聚会与今天一样，是在他的大厅中举行。而那次也像今天一样，散布在萨克表面各处的大亨们，每位都在自己的大陆上，借着三维化身齐聚一堂。

就基本功能而言，三维化身等于是实物大小的三维电视，具有一切声光效果。在萨克上，任何小康的普通人家都拥有三维电视，但三维化身的不同之处在于没有任何可见的接收器。除了发孚之外，其他的大亨虽然与真人无异，却并非以真身出席。他们能将身后的墙壁遮住，他们的身形不会闪烁，可是伸手便能穿过他们的身体。

鲁内大亨的真实身躯坐在行星的另一端，此时此刻，唯有他的大陆为黑暗所笼罩。在发孚的大厅中，他的影像四周泛着人工照明的白色寒光，在周围的日光下显得分外暗淡。

不论是真人还是影像，聚在这间大厅的人代表了整个萨克。这个古怪而貌不惊人的组合，正是这颗行星的化身。鲁内秃头、红润、肥胖；巴里一头灰发、皮肤又干又皱；斯汀搽脂抹粉，带着风烛残年的笑容，强装出早已消失的生命力；玻特则显得漠视物质生活享受，甚至过分到两天不刮胡子，指甲也脏得令人憎厌。

然而，他们就是五大大亨。

他们位于萨克三级统治阶层的最顶端。其中最低的一级，当然就是国务院的弗罗伦纳籍官员；在萨克各豪门世族的兴衰起落中，他们的地位始终不变；真正推动政府机器的也是他们这群人。在他们之上，是由世袭的（而且无害的）国家领袖所任命的部会首长。需要写上他们的名字，以及国家领袖本人的名字，政府的公文才能生效，不过他们唯一的责任也只是签字而已。

最高一级则由他们五人把持，在其他四人的默许下，每人占据一个大陆。他们是五大家族的家长，而五大家族控制着蓟莆的所有贸易，以及从中获得的财富。金钱是权力的后盾，有了权力便能控制萨克的政策，而金钱掌握在他们手里。在这五个人当中，又数发孚最为富有。

将近一年前那一天，发孚大亨面对银河第二富有的行星上其他四位主人（第一富有的是川陀，毕竟川陀拥有百万个世界，而他们只有两个），说道：“我收到一封奇怪的信。”

他们什么也没说，都在默默等待。

发孚将一张带有金属光泽的薄片递给秘书，秘书依次走过座位上的四个人形，举起薄片让他们看个清楚，时间刚好让每个人都能读出其上的字句。

对另外四位参加这场会议的人而言，他自己是真实的，而包括发孚在内的其他人只是幻影。那个带有金属光泽的薄片同样是幻影，他们只能坐在那里，凝望着聚焦在眼前的光线。那些光线从发孚的大陆出发，跨越广大的距离，分别送到巴里、玻特、斯汀的大陆，以及鲁内的大陆岛上。他们读到的字迹，则是幻影中的幻影。

只有玻特，由于是个直肠子，而且用不惯精巧的设备，一时之间忘了这个事实，伸出手来想要拿那封信。

他的手伸向影像接收器的矩形边缘，立刻被切掉一截，那只手臂成了只剩一半的断肢。发孚知道，玻特在他自己的房间里什么也没抓到，只是贯穿那封写在薄片上的信。他微微一笑，其他人也露出笑容，斯汀甚至发出吃吃的笑声。

玻特面红耳赤，赶紧抽回手臂，他的手掌便重新出现。

发孚说："好，你们每个人都看过了。如果你们不介意，我现在要把它朗读一遍，好让你们思考一下它的含意。"

他将手一抬，秘书便快步走来，刚好将那张薄片举在恰当的位置，让发孚的手毫不费力便能抓到。

发孚开始以柔和的声调朗读，让一字一句都透出戏剧性，仿佛那封信是他自己写的，他十分乐意与众人分享。

他说："信件内容如下：'你是萨克的五大大亨之一，你的权力与财富无人能敌。然而，那些权力与财富奠立在薄弱的基础上。你也许会认为，弗罗伦纳整个行星上的蓟莆，绝对不能算是薄弱的基础。可是问问你自己，弗罗伦纳将存在多久？永远吗？

"'不！弗罗伦纳或许明天就被摧毁。虽然它也可能存续一千年，但是比较之下，它在明天就被摧毁的可能性更大。老实说，将毁掉它的不是我，而是一种你无法预测或预见的力量。请正视这场毁灭，也正视你已经失去权力与财富的事实，因为我将索求其中的大部分。你会有时间考虑，可是时间并不多。

"'你若试图花太多时间，我将对全银河，尤其是对弗罗伦纳宣布这场即将来临的毁灭。这样一来，就再也没有什么蓟莆，什么财富，什么权力。我得不到这一切，但我早已习惯；你将失去这一切，那却是极其严重的问题，因为你生来即拥有极大的财富。

“‘按照我将在近期指定的数量与方式，将你的财产大部分转让给我，你将安然保有剩余的一切。就你目前的标准而言，老实说，你所剩不会太多，但是总比什么都没留下要好。同时，别瞧不起你将保有的残余。弗罗伦纳有可能比你还长命，你至少将过着舒适的生活，虽然谈不上豪奢。’”

发孚读完之后，双手来回翻转那张薄片，然后慢慢把它卷成半透明的银色圆柱，其中刻印的字迹遂混成一团模糊的红色。

他改用普通的声调说：“这是一封蛮有意思的信。信末没有签名，而信中的口气，你们都听到了，显得做作而傲慢。你们认为如何，诸位大亨？”

鲁内红润的脸孔现出不悦的表情。他说：“这显然出自一个近乎精神错乱的人之手，他好像在写历史小说。坦白讲，发孚，我认为绝不值得为了这种垃圾而把我们聚在一起，破坏了各洲自治的悠久传统。我也不喜欢在你的秘书面前讨论这一切。”

“我的秘书？因为他是弗罗伦纳人？你怕他会因为这封信而心神不宁吗？荒谬。”他的声调从温和的打趣转变成毫无抑扬的命令，说道，“转向鲁内大亨。”

那位秘书立刻照做。他的双眼谨慎地垂下；苍白的脸孔没有任何皱纹，也未显露任何表情，看起来几乎毫无生气。

“这个弗罗伦纳人，”发孚当他不存在似的，毫无顾忌地说，“是我的贴身仆人。他从不离开我身边，从不和他的同类接触。但并非由于这个原因，而使他绝对值得信赖。看看他，看看他的眼睛。你们难道看不出来，他显然受过心灵改造吗？他不能有任何对我稍微不忠的想法。说句不怕你们生气的话，和你们任何一位比起来，我倒是宁可信任他。”

玻特轻声笑了笑。“我不怪你，我们对你的忠心当然比不上一个改造过的弗罗伦纳仆人。”

斯汀又吃吃笑了几声，还不安地挪动了一下，仿佛他的座椅温度逐渐升高。

对于发孚用心灵改造器对付贴身仆人这件事，他们全都不予置评。假使他们真有反应，发孚才会惊讶万分。心灵改造器只能用来矫正精神异常，或是除去犯罪冲动，除此之外禁止用在其他任何方面。严格说来，甚至五大大亨也不能例外。

但发孚只要觉得有必要，就会动用心灵改造器，尤其当改造对象是弗罗伦纳人的时候；至于改造萨克人则是敏感得多的一件事。发孚并没有忽略，自己在提到心灵改造时，斯汀大亨显得有些坐立不安。这是因为人尽皆知，他总是利用受过改造的弗罗伦纳男女，做些远比秘书工作更私密的事。

“好了，”发孚合起粗钝的十指，“我把你们大家聚在一起，不是为了听我朗读一封狂人的信件。这一点，我希望各位都了解。事实上，只怕我们面临着一个严重的问题。首先，我问我自己，为什么只找到我头上来？老实说，我的确是大亨中最富有的，可是我一个人，只控制着葪芾总贸易的三分之一。而我们五个人加起来，则掌控了全部的贸易。将一封信复制五份是很容易的事，和写一封信一样容易。”

“你的话太多了，”玻特喃喃抱怨，“你究竟想说什么？”

在巴里阴沉的灰脸上，皱缩而无色的嘴唇开始嚅动：“他想要知道，玻特大人，我们有没有收到同样的一封信。”

“那就让他自己说。”

“我以为我刚才讲过了。”发孚平静地说，“怎么样？”

他们互相望了望，随着各人个性的不同，分别露出了迟疑或抗拒的表情。

鲁内首先开口。他的粉红额头挂着好多颗汗珠，他举起一张柔软的蓟芇方巾，沿着两耳间的半圆形区域，擦拭着藏在肥肉皱褶内的汗水。

他说："我可不知道，发孚。我可以问问我的秘书，顺便提一句，他们都是萨克人。毕竟，即使真有这样一封信送到我的办公室，也会被视为——我们刚才叫它什么来着？——被视为狂想者的来信。我绝不会看到，这点可以肯定。只有你自己那种特殊的行政系统，才会使你无法避免接触这类垃圾。"

他环顾四周，微微一笑，露出湿润而闪亮的牙龈，以及上下两排铬钢打造的义齿。每颗义齿都深深埋进牙龈中，与颚骨紧密接合，比任何珐琅质的牙齿更为强固。因此，他的微笑比眉头深锁还要恐怖。

巴里耸了耸肩。"我想鲁内刚才说的可以代表我们大家。"

斯汀吃吃笑了笑。"我从来不看信。真的！我从来不看。那是多么无聊、多么繁重的工作，我根本没有任何时间。"他热切地四下张望，仿佛确有必要说服众人相信这个重要的事实。

玻特说："怪了，你们都是怎么搞的？畏惧发孚吗？听我说，发孚，我没有养任何秘书，因为我不需要任何人帮我打点我的生意。我收到了同样的信，而我确信这三位也一样。想知道我怎样处置那封信吗？我将它投进了废物处理槽，我奉劝你们也都这样做。让我们散会吧，我累了。"

他抬起手来，准备按下捺跳开关。只要轻轻一按，他的影像就会从发孚的大厅消失。

"慢着，玻特。"发孚以刺耳的声音吼道，"别那样做，我还没说完。你不会希望我们在你缺席的情况下，达成任何决议或采取任何行动吧？你当然不会。”

“让我们再待会儿，玻特大亨。”鲁内以较轻柔的声调劝道，虽然他一双深陷肥肉中的小眼睛并不显得特别和气，“发孚大亨为何对一件小事显得这么担心，我还真是纳闷。”

“这个嘛，”巴里冰冷的声音搔刮着众人的耳膜，“或许发孚认为这位写信给我们的朋友，拥有川陀攻击弗罗伦纳的情报。”

“呸！”发孚轻蔑地啐了一声，“不论他是谁，他又怎么会知道呢？我们的特务机关足够管用，我向你保证。再说，假如我们真拿财产贿赂他，他又要如何阻止这场攻击？不对，不对。他所说的弗罗伦纳的毁灭，好像是指实质的毁灭，而不是政治上的毁灭。”

“这实在太疯狂了。”斯汀说。

“是吗？”发孚道，“这么说的话，你没注意到过去两周那些事件的重大意义。”

“哪些特别的事件？”玻特问。

“似乎有个太空分析员失踪了，你肯定听说过。”

玻特看来相当气恼，根本没办法平息：“我从川陀的阿贝尔那里听到过。究竟是怎么回事？我对太空分析员一无所知。”

“他在失踪之前，曾送出一封电讯给他们在萨克上的基地，你至少读过它的副本吧？”

“阿贝尔给我看过，我根本没有留意。”

“你们其他人呢？”发孚用目光轮流向众人挑战，“你们的记忆能回到一周前吗？”

“我读过，”鲁内说，“我也记得。当然！那上面同样提到了毁灭。这就是你要指出的吗？”

“听我说，”斯汀尖声道，“这里头充满丑恶的暗示，根本毫无意义。真的！我真希望我们现在别讨论这件事。那回我几乎无法摆脱阿贝尔，而且正在晚餐时间之前。实在恼人不过，真的。”

“我们别无选择，斯汀。”发孚以颇不耐烦的口气说（与斯汀这种人能做成什么事？），“我们必须继续讨论。那个太空分析员曾经提到弗罗伦纳的毁灭，而在他失踪的同时，我们收到一封以弗罗伦纳的毁灭作威胁的勒索信。这是巧合吗？”

“你是在说勒索信是那个太空分析员写的？”老巴里悄声道。

“不太可能。他为什么先公开宣布，然后匿名再来一次？”

“他最初宣布的时候，”巴里说，“他联络的是他们的当地办事处，而不是我们。”

“即使如此，还是一样。除非万不得已，勒索者总是只跟他的受害者接触。”

“所以说呢？”

“他失踪了。就算这个太空分析员是好人，可是他散播了危险的讯息。现在他落入另一批人的手中，那些人可不是好人，他们就是勒索者。”

“什么另一批人？”

发孚绷着脸靠向椅背，嘴唇几乎动也不动地说：“你当真问我吗？答案就是川陀。”

斯汀打了个寒颤。“川陀！”他失声尖叫。

“有何不可？还有什么更好的办法能取得弗罗伦纳的控制权？那是他们对外政策的主要目标之一。如果他们不必动武就能达到目的，对他们而言当然更好。听我说，假使我们依从这个欺人太甚的最后通牒，弗罗伦纳就会成了他们的。他们准许我们保留一点，”他将两根手指搭在一起，放到自己面前，“可是就连这一点，我们又能保有多久？

“反之，假设我们不闻不问——其实我们别无选择——那川陀会怎么做呢？哈，他们会对弗罗伦纳农民散布谣言，说那个世界的末日即将来临。等到他们的谣言传开，便会引起农民的恐慌，然后除了灾祸还会有什么？如果一个人认为明天就是世界末日，还有什么力量能驱使他工作？到时收成都会烂掉，而仓库将空空如也。”

斯汀举起一根指头抹匀一侧面颊上的化妆，他正照着自己寓所中的一面镜子，只不过它在接收范围外。

他说：“我不认为那会对我们造成太大伤害。如果收成减少，难道价格不会上涨吗？一段时间之后，结果将证明弗罗伦纳仍好端端在那里，那时农民便会回到工作岗位。此外，我们总是能以束紧出口作威胁。真的！我不知道任何文明世界没有蓟芾如何能活下去。哦，那可是王者蓟芾啊，我认为这简直是小题大做。”

他表露出厌烦的态度，一根指头优雅地放在脸颊上。

巴里的一对老眼早已闭起来。此时他说：“现在没有涨价的空间了，我们已经把它卖到天价。”

“正是如此，”发孚说，“反正不会造成严重的缺货。川陀一向在等待弗罗伦纳上出现动乱迹象；假如他们能让整个银河认为萨克将无法保证蓟芾的出口，那么他们登陆弗罗伦纳、维持他们所谓的秩序，并保持蓟芾的固定产量，就是宇宙间最自然的一件事。而危险的是，银河中的自由世界或许会为了蓟芾，而跟他们站在一条阵线上。尤其是当川陀同意打破垄断、增加产量并降低售价的时候。事后他们可能是另一副嘴脸，但在这个节骨眼上，他们会得到其他世界的支持。

“川陀若想攫取弗罗伦纳，这是唯一合乎逻辑的做法。假如只是单纯使用武力，即使为了自保，川陀势力范围外的自由银河也将加入我们的行列。”

鲁内说："那个太空分析员又扮演什么角色？他是必要的角色吗？如果你的理论足够充分，就应该能解释这一点。"

"我认为可以。这些太空分析员多半心理不平衡，而这一位，则发展出某种——"发乎动了动手指，仿佛在玩弄一堆隐形的积木，"某种疯狂的理论。是什么理论并不重要，川陀不能让它公诸于世，否则太空分析局会加以否定。然而，把那个人抓起来，打探出详细内容，他们得到的情报或许就足以唬住普通人。他们可以利用它，让它听来像是真的。分析局是川陀的傀儡，一旦这个故事借着科学化的谣言散布出去，不论他们如何否认，力量都不足以压倒那个谎言。"

"听来实在太复杂。"玻特说，"怪了，他们不能让它公诸于世，可是偏偏又要让它公诸于世。"

"他们不能让它以严肃的科学声明公诸于世，甚至不能让分析局收到这种声明。"发乎耐心地说，"但他们可以把它当成谣言流传出去，你看不出来吗？"

"那么，老阿贝尔为何还要浪费自己的时间，寻找那个太空分析员呢？"

"你指望他到处宣传那人在他的手里？阿贝尔真正做的事情，和他似乎正在做些什么，完全是不相干的两码事。"

"好吧，"鲁内说，"如果你说对了，我们要怎么做？"

发乎说："我们认识到了这个危险性，这点就非常重要。如果有可能，我们要把那个太空分析员找出来。我们必须将所有已知的川陀间谍置于严密监视之下，但不可真正干涉他们的行动。从他们的行动中，我们便有可能了解事态的发展。至于弗罗伦纳即将毁灭的宣传，我们必须在该行星上彻底压制。对于第一波的窃窃私语，就一定要及时以最严厉的手段对付。

“最重要的一点，我们必须保持团结。在我看来，本次会议唯一的目的，就是形成一个共同阵线。我们都知道各洲自治的重要，而我确信没人比我更坚持这点。然而，那是在普通状况下，现在则不是普通状况。各位看出来了吗？”

多少有些勉强，因为各洲自治不是能轻易放弃的一件事，他们都看得出来。

“那么，”发孚说，“让我们等待第二波行动。”

那是一年前的事。众人离去后，发孚大亨遭到一生中最离奇、最彻底的惨败。在他相当长而相当不凡的奋斗史中，从来未曾有过这种经验。

根本没有第二波行动，他们都没有再收到来信。那名太空分析员始终未曾寻获，而川陀一直保持断断续续的搜寻。弗罗伦纳上没有任何末日谣言的蛛丝马迹，蓟莆的收成与加工维持着平稳的进度。

鲁内大亨开始每周打电话给发孚。

“发孚，”他通常都这么说，“有任何新发展吗？”他的肥肉总是因得意而颤动，喉咙里总是冒出嘶哑的咯咯笑声。

发孚垂头丧气、无动于衷地接受他的嘲笑。他能怎么办？他一而再、再而三地过滤线索，可是根本没用。少了一项因素，一项极其重要的因素遗漏了。

然后，一切突然同时爆发，让他终于得到答案。他知道自己得到了答案，而谜底则是他始料未及的。

他再度召集了一次会议。现在，精密时计显示的时间，是两点二十九分。

他们开始一一出现。第一个是玻特，他紧抿着嘴唇，用一根长着倒刺的指头搔刮长着灰色短须的面颊。接着是斯汀，他刚刚将脸上的化妆品洗净，露出一副苍白、病弱的面容。巴里带着倦意，显得漠不关心；他的双颊凹陷，扶手椅上铺着厚实的衬垫，旁边放着一杯热牛奶。最后出现的是鲁内，比其他人迟了两分钟；他的嘴唇湿答答的，一脸闷闷不乐的表情。他的所在地又是黑夜，这次他的灯光十分暗淡，使他像是坐在立方阴影中的朦胧身形，即使发孚的灯光拥有萨克之阳的威力，也无法照亮他周围的区域。

发孚开口道:“诸位大亨！去年我推测有个距离遥远而背景复杂的危机，我那样做是掉进了陷阱。危机的确存在，但不是来自远方。它和我们很近，非常接近。你们其中之一已经知道我的意思，其他人也很快就会知道。”

“你究竟是什么意思？”玻特不耐烦地问。

“有人叛变！”发孚顶了回去。

第十章
亡命之徒

米尔林·泰伦斯不是个行动派。他拿这点当做自我安慰的借口，因为现在，离开太空航站之后，他发觉自己的心神陷入了瘫痪。

他必须谨慎选择走路的速度。不可以太慢，否则会像是无所事事；也不可以太快，否则会像在奔跑。只要轻快就好，像个巡警走路的模样，像个正要出勤、正准备钻进地面车的巡警。

他要是能钻进一辆地面车该多好！遗憾的是，弗罗伦纳人受的教育并未包括驾驶地面车，甚至弗罗伦纳镇长也不例外，因此他一面步行一面试图思考，可是始终无法做到。他需要宁静的环境与悠闲的时间。

而且他觉得虚弱得几乎无法行走。他或许不是个行动派，可是如今，他已经迅速行动了一天一夜再加半个白天，已经消耗掉他一生的气力。

但他不敢停下来。

假如现在是夜晚，他或许有几小时的时间用于思考，可是此时刚过正午。

假如他会驾驶地面车，他就能远离城市，前往城外数英里之处，在决定下个步骤前稍微想一想。可是他的交通工具只有双腿。

假如他能思考，这是关键，假如他能思考就好了。假如他能暂停一切动作、一切行动；假如他能在时间之流中抓住宇宙，命令它暂停，他就能将许多事好好思考一番。一定有什么办法可以做到。

他急匆匆冲进下城的阴处，迈着僵硬的步伐，模仿着记忆中巡警走路的方式。他紧抓着电击棒，在半空画着圈圈。街上空无一人，当地人都挤在简陋的房舍里——这样更好。

镇长仔细选择他的目标。最好选一个较高级的住宅，拥有彩色塑胶砖与偏光玻璃窗的那种。低下阶级都死气沉沉，他们不在乎失去什么；“上层人”则会争先恐后提供一切协助。

他沿着一条短径，走向这样的一栋住宅。它与街道有段距离，这是富裕的另一个象征。他知道自己不需要敲门，也不需要硬闯进去。当他走上坡道时，住宅里的人会注意到窗外有动静（世世代代的经验，使弗罗伦纳人闻得出巡警到来的气息），大门会自动打开的。果然打开了。

开门的是个少女，两眼睁得犹如铜环。她的服装令她看来相当笨拙，从衣服的褶边可以看出，她的父母决心要维持高人一等的地位，不愿与普通的“弗罗伦纳废物”为伍。她站到一旁让他进去，急促的气息从她微张的嘴巴冒出来。

镇长作势要她关起门来：“你的父亲在家吗，姑娘？”

她尖声叫道：“爸！”然后喘着气说，“在家，长官！”

“爸”从另一个房间心虚地走出来，动作相当迟缓。他并非不知道有位巡警来到家门口，只是让一位少女应门比较安全。假如巡警刚好在气头上，出手将她打倒在地的机会将比较小。

“你的名字？”镇长问。

“贾可夫，希望这能令您满意，长官。”

巡警制服的某个口袋中有本薄页笔记簿，镇长将它打开，很快看了看，打了一个利落的钩：“贾可夫！没错！我要看看家中每个成员。快！”

若非他心中除了无望的沮丧再也容不下其他的情绪，泰伦斯几乎肯定会过过干瘾。他并不是对权威的诱惑完全无动于衷。

他们一个个走了进来。首先是个瘦小的妇人，带着一脸忧愁的表情，有个两岁左右的孩子在她怀里蠕动。然后是那个应门的少女与她的弟弟。

“都在这里？”

“全都来了，长官。”贾可夫低声下气地说。

“我能照顾宝宝吗？”那妇人焦急地问，“现在是她的午睡时间，我正要把她放到床上。”她将手中的婴儿向前举，仿佛天真无邪的宝宝有可能融化巡警的铁石心肠。

镇长没有望向她。巡警应该连心肠都没有，他这么想，而他现在就是一名巡警。他说：“把她放下来，给她一根棒棒糖堵住嘴。喂，你！贾可夫！”

“是的，长官。”

“你是个奉公守法的小子，对不对？”当地人不论年纪多大，当然都是个“小子”。

“是的，长官。”贾可夫眼睛发亮，双肩微微耸起，“我是食物处理中心的办事员。我学过数学，会长除法，我也会做对数。”

是啊，镇长心想，他们曾经教你如何使用对数表，还告诉你“对数表”这几个字怎么念。

泰伦斯了解这种人。他对自己的对数引以为傲，更甚于大亨对私家游艇的自傲。他的偏光玻璃窗是他的对数换来的，屋外的彩色砖则吹嘘着他的长除法。他轻视未受过教育的当地人，正如一般大亨轻视所有的当地人；而他的恨意更为强烈，因为他不得不跟他们住在一起，而且被大亨视为他们的一分子。

“你信任法律，对不对，小子，并且信任慈善的大亨？”镇长继续装模作样，翻查着他的笔记簿。

“我的丈夫是个好人，”那妇人突然滔滔不绝地说，“他从来不惹麻烦，不和那些废物来往。而我也一样，还有我的孩子。我们总是……”

泰伦斯挥手令她住口。“好了，好了。现在听着，小子，我要你就坐在这里，照我的话去做。我要一张清单，上面列出这条街上你认识的每一个人。包括他们的名字、地址、做些什么，还有他们是怎样的小子。最后一项尤其重要，如果这里有什么捣蛋鬼，我一定要知道。我们准备清掉他们，明白吗？”

“明白，长官。明白，长官。最坏的就是郝斯亭，他住在下一条街。他……”

“不是像这样，小子。你，帮他拿一张纸来。现在你坐在那里，把它通通写下来。慢慢写，因为我看不懂当地人的狗扒字。”

“我练得一手好字，长官。”

“那我们等着看。”

贾可夫开始埋首工作，一笔一画写得很慢。他的妻子则站在他身后观望。

泰伦斯又对帮他开门的少女说：“到窗户旁边去，如果有其他巡警朝这边走来，立刻让我知道，我要跟他们说话。你可别喊他们，只要告诉我就好。”

然后，他终于能放松了。在危险的环境中，他为自己筑起一个暂时安全的窝。

除了角落处那个婴儿的吸吮声，四周相当安静。假如有任何敌人迫近，他将及时接到警告，至少还有逃脱的机会。

现在，他可以开始思考了。

首先，他的巡警角色扮演即将结束。城中所有可能的出口无疑都设有路障，而且他们知道，他不会驾驶比反磁滑板车更复杂的交通工具。这些对搜索十分生疏的巡警，要不了多久就会恍然大悟，明白只要有系统地搜寻全城，一条街接着一条街，一栋房子接着一栋房子，就一定能逮到他们的猎物。

等到他们终于决定那样做的时候，他们无疑将从近郊开始，逐渐向内缩小范围。若是这样，这个住宅将属于第一批搜查的对象，所以他的时间极其有限。

直到目前为止，这套巡警制服十分有用，尽管银黑相间的色彩相当显眼。当地人对它都毫不怀疑，他们没注意到他苍白的弗罗伦纳脸孔；他们未曾端详他的长相，这套制服足以说明一切。

不久之后，那些猎犬将明了这件事实。他们会想到对所有当地人发布指示，要他们留住任何无法出示身份证明的巡警，尤其要注意一个白色皮肤、沙色头发的。临时性证件将发给每一位真正的巡警，悬赏公告将四处散发。或许在一百个当地人中，只有一个有勇气对付一套制服，不论穿制服的人是多明显的冒牌货，但是百分之一就足够了。

所以，他一定不能再假扮巡警。

这是一件事，现在再来想另一件。从现在起，他在弗罗伦纳找不到任何安全的藏身之地。杀害巡警罪大恶极，今后五十年间，即使他逃得了那么久，对他的追缉都不会放松。因此他必须离开弗罗伦纳。

怎么做?

嗯，他假设自己还能再活一天。这是个乐观的估计，它假定巡警全都笨到极点，自己的运气则好到极点。

就某个角度而言，这可算是个好处。仅仅二十四小时的生命，没什么值得珍惜的。这就意味着，正常人所不敢冒的险，他都敢碰碰运气。

他一跃而起。

贾可夫抬起头来。“我还没写完，长官，我写得非常仔细。”

“让我看看你写了些什么。”

他看了看递给他的那张纸。“这就够了。万一有其他巡警来，别浪费他们的时间，别说你已经列过一张清单。他们很忙，也许会有别的工作指派给你，照他们说的做就好。有没有任何巡警走来？”

站在窗边的少女说：“没有，长官。要不要我到街上看看？”

“没有这个必要。好，我问你们，最近的一座升降机在哪里？”

“您出去之后向左转，长官，差不多离这里四分之一英里。您可以……”

“好啦，好啦，让我出去。”

升降机的门在镇长身后关上的同时，一队巡警转进这条街上。他能感到自己的心在怦怦跳，有系统的搜索大概已经展开了，他们就紧跟在自己后面。

一分钟后，他走出升降机来到上城，心跳声仍咚咚作响。这里不再有任何掩护，身旁没有支柱，头顶也没有水泥合金的遮掩。

在鲜艳的建筑群发出的闪光中，他觉得自己像个移动的黑点。他还觉得暴露在方圆两英里内的地表，以及离地五英里内的天空中。在这个范围里，似乎有好多巨大的箭头指向他。

附近看不到其他巡警，路过的大亨都把他当成透明人。如果说巡警是弗罗伦纳人畏惧的对象，他们就是大亨视而不见的对象。如果说有什么能救他一命，那么就是这一点了。

他对上城的地理稍有概念，知道“城中公园”就在此区某处。最合逻辑的做法是找个人问路，其次是走进任何一座够高的大楼，从几个高层的阳台向外眺望。第一个办法绝不可行，任何巡警都不可能需要他人指点方向。第二个办法又太危险，在一座大楼中，一名巡警将更为显眼，简直是太显眼了。

于是，他根据上城地图在脑海中留下的印象，朝着自认正确的方向走去。他的记忆果然很管用，五分钟之后，他来到了如假包换的城中公园。

城中公园是个占地约一百亩的人工绿地。在萨克本土，这座公园拥有许多过分渲染的特色，从田园的宁静到夜间的狂欢应有尽有。而在弗罗伦纳，那些对它稍有耳闻的人，则将它的范围想象成实际的十倍到百倍，将它的华美想象成实际的百倍到千倍。

实际的面貌已足够赏心悦目。在弗罗伦纳的温和气候中，它常年是绿油油的一片，里面有许多草坪、林地与岩穴。此外还有个小池塘，养着美观的鱼类，以及一个较大的池塘，供儿童戏水之用。每天晚上，在细雨开始前，彩色的灯光照耀出缤纷灿烂的夜景。在薄暮与落雨之间，是公园里最热闹的一段时间。总是有舞蹈表演、三维电影，以及陶醉在蜿蜒小径中的情侣。

泰伦斯从未真正到过这座公园。当他进去之后，人工化的环境令他起了一阵反感。他心里很明白，脚下的土壤与岩石、周围的池塘与树木，全都建在平板的水泥合金之上，这使他感到厌烦。他想到了绵长平坦的蓟莆田，以及南方那些山脉。在壮丽的自然景观中，这些异国人偏要建造一堆玩具，他实在瞧不起他们。

接下来半个小时，泰伦斯毫无目的地踏着沉重的步伐。他一定要做的那件事，必须在城中公园才能进行。即使在这里，他的计划或许也没有可能实现；不过在别处，则是绝对没有可能。

没人看到他，也没人察觉他，这点他可以确定。经过他身边的大亨与小大亨，若是被人问起："昨天你在公园见过一名巡警吗？"他们只会目瞪口呆。

问他们这个问题，好似问他们是否看见一只蚊子飞过小径。

这座公园太过沉闷，他感到惊慌的情绪开始上涨。他登上小圆石间的一道阶梯，再向下走到一片杯状的洼地。洼地周围有许多小洞穴，为晚间来此的情侣提供一个避雨的地方（不过，他们被细雨困在里面的机会似乎太大了）。

然后，他看见了正在寻找的目标。

一名男子！或者该说一名大亨。他正快步走来走去，还不时看看怀表。他猛吸一口手中的香烟，将烟蒂塞进烟灰槽中，烟蒂在里面平静地待了一会儿，随即在一阵火花中消失无踪。

洼地里面没有其他人，这里是傍晚与夜间的活动场所。

那名大亨正在等什么人，这点相当明显。泰伦斯四下望了望，没有人跟着他走上台阶。

或许还有其他的阶梯，一定还会有。但无论如何，他不能放过这个机会。

他向那名大亨走去。在他说一声"恕我打扰您？"之前，大亨当然没有看见他。

这句话敬意十足，可是任何大亨都不习惯让巡警碰触他的臂弯，不论是以多么尊重的方式。

"搞什么鬼？"他说。

泰伦斯保持着语气中的敬意与急迫（让他继续说话，让他望着你的眼睛半分钟就好！），又说："这边请，阁下，这是和追捕当地凶手的全城搜索相关的行动。"

"你到底在说些什么？"

"只要一会儿就好。"

泰伦斯早已悄悄抽出神经鞭，那名大亨始终没有看到。神经鞭发出一下嗡嗡声，大亨立刻全身僵硬，随即仆倒在地。

镇长以前从未对付过一名大亨，心中升起的恶心与内疚令他自己十分惊讶。

四下仍然见不到任何人。他将这个硬邦邦的身体拖进最近的洞穴，那人呆滞的眼睛一直瞪着他。他一路向前拖，将它拖到了洞穴的低浅尽头。

他动手将大亨剥光，费了很大的力气，才从僵硬的手脚上把衣服扯下来。然后他脱掉那套沾满灰尘、浸透汗水的巡警制服，套上大亨的内衣裤。过去他只用手指摸过蓟芾织品，身体其他部分今天是第一次接触这种布料。

接下来是其他的衣物，以及大亨头上的无边帽，后者绝对有必要。在年轻一辈中，无边帽并非十分流行，不过还是有人戴。幸运的是，这名大亨是其中之一。它对泰伦斯而言是必需品，否则他的浅色头发会让这个化装舞会玩不下去。他使劲拉下那顶帽子，遮住自己的耳朵。

然后，他开始进行必要的善后工作。他突然了解到，杀害一名巡警根本不算罪大恶极。

他将手铳调到最大弥散度，再转向昏迷不醒的大亨。十秒钟后，地上只剩下一团烧焦的尸骨。这将延缓认尸的工作，令追捕者摸不着头绪。

他又举起手铳，将巡警制服化成一团粉末状的白灰，再从里面扒出烧黑的银质饰扣与皮带环。这样一来，也会使得追捕更加困难。或许他只赚到一个小时，不过这也是值得的。

现在他必须立即离去，一刻也耽误不得。他在洞口处停了一下，仔细闻了闻。尸体火化得很干净，只有一点点骨肉烧焦的味道，几分钟之内，微风就会将它吹散。

他在走下阶梯时，一名年轻女子迎面向上走来。一时之间，他习惯性地垂下目光，因为她是一位贵妇。他及时扬起头来，还来得及看出她年轻貌美，并发现她十分匆忙。

他拉长了脸。她当然找不到那个他，不过她迟到了，否则那人刚才不会频频看表。她可能会以为他等得不耐烦了，已经先行离去。于是泰伦斯稍微走快一点，他不希望她折返，气喘吁吁地追过来，问自己是否看见一位年轻男子。

他离开了公园，漫无目标地走着，半小时又匆匆过去。

现在怎么办？他不再是一名巡警，他成了一名大亨。

可是现在怎么办？

他来到一个小型广场，其中一块草坪中央有个喷泉。水中加了少量清洁剂，因而冒出许多泛着晕彩的泡沫，看来俗不可耐。

他倚着栏杆，背对着偏西的太阳，将烧黑的银片一点一点慢慢地投进喷泉里。

他想到在阶梯上与他擦身而过的那名少女，她实在非常年轻。然后他又想到下城，瞬间的悔意随即离他远去。

银质残片丢光后，他的双手空了出来。他开始缓缓搜着自己的口袋，尽可能做得像不经意的动作。

口袋里没什么特别不寻常的东西。一叠钥匙条、几枚硬币，以及一张证件卡（萨克在上！就连大亨也带着这玩意。不过话说回来，他们不必对迎面而来的每一名巡警出示）。

显然，他的新名字叫艾斯塔尔·狄蒙，他希望自己不必用到它。上城的男女老幼总共只有一万人，他遇到一个熟识狄蒙者的机会不大，却也不是小到足可忽略。

那人二十九岁。当他想到留在洞穴里的是什么，他又感到一阵反胃，赶紧试图压制。大亨就是大亨，在他们手中或在他们指示下，有多少二十九岁的弗罗伦纳人惨遭杀害？又有多少九岁的弗罗伦纳人遭到同样命运？

他身上也有地址，但对他而言毫无意义，他对上城的地理只有最基本的概念。

嘿！

那是一个小男孩的彩色拟三维肖像，大概只有三岁。当他抽出来的时候，上面的彩色开始闪烁，放回去时彩色又逐渐褪去。他的小儿子？还是侄子？从公园里那位少女看来，这不可能是他的儿子，不是吗？

或是他已经结婚？这次会面是他们所谓的“偷情”？这种事会在大白天进行吗？在某种情况下，又有何不可呢？

泰伦斯希望如此。如果那少女是来会见一位已婚男子，她不会立刻为他的失踪报案；她会假定他未能从妻子身边溜出来。这将给他一些时间。

不，不会的。下一瞬间，沮丧的情绪又将他攫获。捉迷藏的小孩会撞见那堆骨灰，会尖叫着跑出来。二十四小时内，这种事一定会发生。

他再度检视口袋里的物件，又找到一张游艇驾照的袖珍副本，但他未加留意。较富有的大亨都拥有太空游艇，而且都亲自驾驶，这是本世纪的风尚。最后，是几张萨克信用条卡，这些倒可能暂时派上用场。

他这才想到，自从昨晚离开面包店后，他就一直未曾进食。一个人意识到饥饿的速度可真快。

他的心思忽然回到那张游艇驾照。慢着，现在那艘游艇无人使用，因为主人死了，它已经成了他的游艇。它停在九号航站，棚库号码是二十六。嗯……

九号航站在哪里？他一点概念也没有。

他将额头靠向喷泉周围的平滑栏杆，感到一阵冰凉。现在怎么办？现在怎么办？

一个声音吓了他一大跳。

“喂，”那声音说，“没不舒服吧？”

泰伦斯抬起头来，那是个年长的大亨。他抽着一根含有香叶的长型香烟，金腕链上挂着某种绿色的宝石。他的表情十分亲切，一时之间，泰伦斯惊讶得说不出话。然后他才想起来，现在自己也是他们的一分子。在他们之间，大亨当然是高尚的人类。

于是镇长说：“只是在休息。原本决定散散步，结果时间没算好，现在只怕我要迟到了。”

他挥挥手，做了一个自嘲的手势。由于长期与萨克人为伍，他能将萨克口音模仿得惟妙惟肖，但他不会试图过分夸张，他不会犯那种错误。比起味道不足，夸张反倒更容易被识破。

那人说：“没有火箭车代步，是吗？”他是一位长者，年轻人的愚蠢把他逗乐了。“没有火箭车。”泰伦斯承认。

“用我的吧。”那人立刻慷慨地提议，“它就停在外面。等你用完之后，你可以设定控制系统，让它自己回到这里。未来一小时左右我都用不到。”

对泰伦斯而言，这几乎是个理想的主意。火箭车像闪电一样迅疾轻巧，它的速度与灵活度胜过任何一辆巡警地面车。唯一不尽理想的是，泰伦斯根本不会驾驶火箭车，正如同他无法腾空飞行一样。

“从这儿到萨克。”他知道这句代表“谢谢”的萨克俚语，便随口搬出来，“我想我还是步行吧，到九号航站并不远。”

“是啊，不远。”那人表示同意。

这句话没有为泰伦斯带来任何提示，于是他继续试探：“当然，我希望距离更近些。步行到蓟萮公路，本身就很有益健康。”

“蓟萮公路？那和你的目的地有什么关系？”

他是否以古怪的眼光望着泰伦斯？镇长突然想到，身上的衣服或许没穿妥当。他赶紧说：“等等！我搞混了，我走路走糊涂了。让我想想看……”他胡乱四处张望。

“听好，你正在芮企特路上。你该做的只是走到崔菲斯大道，向左转，再一直向前走，就会走进那座航站。”他自然而然伸手指了指。

泰伦斯微微一笑。“你说得对。我不能再做白日梦，必须开始动动脑筋。从这儿到萨克，阁下。”

“你还是可以用我的火箭车。”

“你真好心，可是……”

泰伦斯一面挥手，一面起身离去，走得稍嫌快了点。大亨只好望着他逐渐远去的身影。

也许明天，当他们在岩洞中发现尸体，展开搜查之际，那位大亨可能会想起今天这件事。他大概会说：“他有点古怪，你该知道我的意思。他的措辞怪里怪气，而且似乎不知身在何处。我敢发誓他从未听过崔菲斯大道。”

不过那是明天的事。

他朝那位大亨所指的方向走去，不久便见到闪闪发亮的“崔菲斯大道”路标。在泛着晕彩的橙色建筑物之前，那个路标几乎显得有些单调。

他立刻向左转。

九号航站有好些穿着游艇装的年轻人，看起来十分热闹。那种服装的特色，似乎在于高顶帽与紧贴臀部的短裤。泰伦斯觉得自己很显眼，可是根本没人注意他。空气中充满高谈阔论，夹杂着一些他听不懂的词汇。

他找到二十六号棚库，但等了几分钟才凑近。他不要有任何大亨在这附近徘徊不去，不要碰到刚好将游艇停在旁边棚库的大亨，后者一眼就能认出真的艾斯塔尔·狄蒙，会纳闷一个陌生人在他的游艇旁干什么。

最后，等到棚库周围显然安全无虑时，他才走了过去。那艘游艇的鼻尖钻出棚库，置身其他棚库之间，他伸长脖子望了几眼。

现在怎么办?

过去十二小时中，他已经杀了三个人。他从弗罗伦纳镇长升格为巡警，又从巡警升格为大亨。他从下城来到上城，又从上城来到一座太空航站。不论从哪方面来说，他都已经拥有一艘太空游艇，足以将他带到银河这一区任何住人世界的安全地带。

只不过还有一个问题。

他不会驾驶太空游艇。

他的困倦钻入骨髓，饥饿直透靴尖。他已经走到这里，却再也不能向前走。他就在太空的边缘，可是没有办法越过这个边界。

然而此时，巡警一定研判他已不在下城。一旦他们的笨脑袋想通，一个弗罗伦纳人也有胆上来，他们会立刻转而搜索上城。然后他们会发现那具尸体，进而沿着一个新的方向，开始寻找一名冒牌的大亨。

而他就在这里。他爬到了一条死巷的最深处，背靠着封死的尽头。他只能等着模糊的追捕声越来越响亮，最后那些猎犬终将来到面前。

三十六小时之前，他一生最大的机会在自己的手心。现在机会已经溜走，他的性命亦将很快随之而去。

第十一章
船长

真的，这是瑞斯提船长头一次无法将他的意志加诸一名乘客身上。即使那名乘客是五大大亨之一，他或许仍能指望对方合作。在他们自己的大陆上，五大大亨也许是全能的，可是在一艘太空船上，他们会明白主人只能有一个，那就是船长。

女性乘客则不同，任何女性都一样。而她若是五大大亨之一的女儿，更是绝不可能指望她明白这个道理。

他说："大小姐，我怎能准许您私自会晤他们？"

莎米雅·发孚猛眨着一对黑眼睛。"有何不可？他们有武器吗，船长？"

"当然没有，但那不是重点。"

"任何人都看得出来，他们只是一对陷入强烈恐惧的男女，他们简直吓得半死。"

"陷入恐惧的人有可能非常危险，大小姐，他们的行动不能以常理判断。"

"那你为什么要让他们恐惧呢？"她生气的时候有一点点口

吃，“你让三个大块头船员举着手铳站在他们面前，两个可怜的家伙。船长，我不会忘记这件事。”

是啊，她不会忘记，船长心想。他能感到自己准备让步了。

“假如大小姐乐意，能否告诉我您究竟要做什么？”

“很简单。我告诉过你，我要和他们谈谈。如果他们是弗罗伦纳人，正如你说的那样，我就能从他们那里，为我的书收集到极珍贵的资料。不过，如果他们吓得说不出话来，我可做不到这一点。我要是能跟他们单独相处，那就没有问题。单独，船长！你能了解一个简单的词汇吗？单独！”

“假如给令尊发现，我准许您在没有警卫的情况下，和两名走投无路的罪犯待在一起，大小姐，叫我怎样向他交代？”

“走投无路的罪犯！哦，太空啊！不过是两个可怜的傻瓜，试图逃离他们的行星，一心只想登上一艘前往萨克的太空船！还有，我父亲又怎么会知道？”

“如果他们伤害您，他就会知道了。”

“他们为什么要伤害我？”她举起娇小的拳头来回摆动，并在声音中注入她能找到的每一分力量。“我要求这样做，船长。”

瑞斯提船长说：“那么这样好不好，让我在场，大小姐？我不是那三个举着手铳的船员，我只有一个人，也不会亮出手铳。否则的话——”这回，轮到他将所有的决心注入自己的声音，“我必须拒绝您的要求。”

“这样很好，”她气喘吁吁，“很好。但如果因为你在场，害得我无法让他们开口，我一定要亲自想办法，让你再也当不成船长。”

莎米雅走进禁闭室时，瓦罗娜赶紧用一只手遮住愚可的眼睛。

“怎么回事，姑娘？”莎米雅厉声问道，这才想起她是准备好言好语跟他们谈谈。

瓦罗娜勉强开口说："他不怎么聪明，大小姐，他不会知道您是位贵妇。他可能会望着您，我是指没有任何恶意地望着，大小姐。"

"哦，天啊。"莎米雅说，"让他看吧。"

然后她又说："他们一定要待在这儿吗，船长？"

"您认为头等舱比较合适吗，大小姐？"

莎米雅说："你一定能找一间不这么阴森的小舱房。"

"阴森是对您而言，大小姐；对他们而言，我确定这里相当豪华。这里有自来水，问问他们弗罗伦纳上的房舍里有没有。"

"好吧，叫这些人离开。"

船长对三人做个手势，他们立刻转身，以敏捷的步伐走出去。

船长将带来的一张轻型铝质折椅打开，莎米雅坐了下来。

他突然对愚可与瓦罗娜冒出一句："站起来。"

莎米雅随即抢着说："不！让他们坐着。你不该干涉，船长。"

她转向他们两人："姑娘，你是个弗罗伦纳人吧。"

瓦罗娜摇了摇头："我们是从渥特克斯来的。"

"你不必害怕，你是弗罗伦纳人也没有关系，没人会伤害你。"

"我们是从渥特克斯来的。"

"可是难道你不明白吗，姑娘？你实际上已经承认你是弗罗伦纳人。你为什么要遮住那小子的眼睛？"

"他不准望向一位贵妇。"

"即使他来自渥特克斯？"

瓦罗娜哑口无言。

莎米雅让她静静想一想，同时试图露出友善的笑容。然后她说："只有弗罗伦纳人才不准望向贵妇。所以你看，你已经承认你是弗罗伦纳人。"

瓦罗娜猛然叫道："他不是。"

"你呢？"

"没错，我是，但他不是。别对他怎么样，他真的不是弗罗伦纳人，他只是某一天忽然出现的。我不知道他从哪里来，但绝不是弗罗伦纳。"她突然说得几乎滔滔不绝。

莎米雅带着几分惊讶望着她："好吧，我来跟他说。你叫什么名字，小子？"

愚可瞪大眼睛。这就是女大亨的模样吗？这么娇小，这么友善，而且带着一股很好闻的味道。他非常高兴她准许自己望着她。

莎米雅又说一遍："你叫什么名字，小子？"

愚可回过神来，但试图发出声音时，舌头却打结了。

"愚可，"然后他想到，啊，那不是我的名字，于是又说，"我想是愚可吧。"

"你不知道吗？"

一脸愁容的瓦罗娜想要开口，莎米雅却举起一只手，做出严格禁止的手势。

愚可摇了摇头："我不知道。"

"你是弗罗伦纳人吗？"

这点愚可相当肯定："不，我原来在一艘太空船上，我从别的地方来到这里。"他无法将视线从莎米雅身上移开，但他似乎看到那艘太空船与她的身影叠在一起。那是一艘小型、非常亲切、如家一般温暖的太空船。他说："我搭乘一艘太空船来到弗罗伦纳，在此之前，我住在一颗行星上。"

"哪颗行星？"

一股思绪仿佛要强行穿越过窄的精神甬道。愚可随即想了起来，他吐出的声音令自己雀跃万分，那是个遗忘许久的声音。

“地球！我来自地球！”

“地球？”

愚可点了点头。

莎米雅转向船长。“地球这颗行星在哪里？”

瑞斯提船长浅浅一笑。“我从来没听过。别把这小子的话当真，大小姐。当地人说谎像呼吸一样，自然而然就吐出来；他最先想到什么就说什么。”

“听他说话不像个当地人。”她又转向愚可，“地球在哪里，愚可？”

“我……”他用颤抖的手按住额头，又说：“它在天狼星区。”这句话的语调有一半像疑问句。

莎米雅对船长说：“的确有个天狼星区，是吗？”

“是的，的确有，我很惊讶他这回说对了。话说回来，这不能代表地球也是真实的。”

愚可激动地说：“但它是真实的。我告诉你，我记起来了。我忘记了好长一段时间，现在我不可能错，不可能。”

他转身抓住瓦罗娜的手肘，拉扯着她的袖子。“罗娜，告诉他们我来自地球。真的，真的。”

瓦罗娜睁大的双眼透着焦虑。“我们是在某一天发现他的，大小姐，他当时一点心智也没有。他不能自己穿衣服，也不会说话和走路，他是一片空白。从那时候开始，他一点一滴记起往事。目前为止，他记起的每件事都是这么来的。”她向船长厌烦的脸孔投以迅速而恐惧的一瞥，“他可能真是来自地球，大亨，这么说并无意反驳您。”

最后一句是个历史悠久的惯用语。任何叙述若有可能与长者有所抵触，就一定会加上这一句。

瑞斯提船长咕哝道："照这么说下去，他可能来自萨克行星的中心，大小姐。"

"也许吧，可是这一切有古怪之处。"莎米雅坚持道。她断然作出了女性特有的判断，往传奇事迹那方面想。"我确定这一点……当你发现他的时候，他的情况为什么那么糟，姑娘？他受伤了吗？"

瓦罗娜起初什么也没说。她的眼睛无助地来回游移，最先望向扯着头发的愚可，然后是皮笑肉不笑的船长，最后是等待答案的莎米雅。

"回答我，姑娘。"莎米雅说。

瓦罗娜难以做出决定，可是此时此地，她想不出能够替代真话的谎言。于是她说："有位医生检查过他，他说我……我的愚可接受过心灵改造。"

"心灵改造！"一股轻微的嫌恶感袭向莎米雅。她将椅子向后推，在金属地板上刮得吱吱响。"你的意思是他有精神病？"

"我不知道那是什么意思，大小姐。"瓦罗娜低声下气地说。

"不是您想象中那样，大小姐。"船长几乎同时开口，"当地人都没有精神病，他们的需要与欲望都太简单，我这辈子从未听过哪个当地人有精神病。"

"可是那……"

"那很简单，大小姐。假如我们接受这姑娘所说的奇幻故事，我们只能得到一个结论，就是这小子曾经是个罪犯，我想，那也算精神病的一种。若是如此，必定有哪个替当地人治病的庸医治疗过他，差点把他害死，于是将他抛在某个无人的角落，以逃避侦查和起诉。”

“但那一定是个拥有心灵改造器的人。”莎米雅反驳道，“不用说，你不会认为当地人能用这种仪器吧？”

“也许不能。可是，您不会认为一位合格的医疗人员，会做出这么外行的事吧？我们既然推出这个矛盾，就证明这个故事从头到尾都是谎言。假如您愿意接受我的建议，大小姐，您就把这两个家伙交给我们处理。您看到了，根本别指望从他们嘴里问出什么来。”

莎米雅犹豫了一下。“或许你说得对。”

她站起来，以迟疑的目光望着愚可。船长跟在她后面，举起那张小折椅，“啪”的一声折了起来。

愚可纵身而起。“慢着！”

“假如您不反对，大小姐，”船长一面为她拉着门，一面说，“我的人会让他安静下来。”

莎米雅在门槛处停下脚步。“他们不会伤害他吧？”

“我不信他会让我们采取极端手段，他会很容易对付。”

“大小姐！大小姐！”愚可喊道，“我可以证明我来自地球。”

莎米雅踌躇不定地站了一会儿。“让我们听听他怎么说。”

船长冷冷地答道：“遵照您的意思，大小姐。”

她走了回来，不过没走几步，与舱门仍然只有一步的距离。

愚可涨红了脸。他极力试图回忆，嘴唇抿成一个滑稽的笑容。“我记得地球，它带有放射性。我记得那些禁区，以及夜晚泛蓝的地平线；土壤会发光，长不出任何作物；只有少数几个地点能住人。这就是我成为太空分析员的原因，这就是我不在乎待在太空的原因，我的世界是个死去的世界。”

莎米雅耸了耸肩。“来吧，船长，他只是在胡说八道。”

这回却轮到瑞斯提船长站在那里，连嘴巴都合不拢。他喃喃道：“一个带有放射性的世界！”

她说：“你的意思是说真有这种东西？”

“没错。”他将惊奇的目光转向她，“他又是从哪里听来这件事的？”

“一个世界怎能又有放射性又可住人？”

“可是的确有个这样的世界，而它的确在天狼星区。我不记得它的名字，它甚至可能真叫地球。”

“它就是地球。”愚可以既骄傲又自信的口吻说，“它是银河中最古老的行星，是全体人类的发源地。”

船长轻声道：“那就没错！”

莎米雅感到思绪一片混乱：“你的意思是人类发源自这个地球？”

“不，不。”船长心不在焉地答道，“那是迷信。只不过我就是从这个传说中，听说有个带放射性的行星。这颗行星据称是全体人类的故乡。”

“我不知道我们该有个故乡行星。”

“我想我们确是从某处发源的，大小姐，可是我不信有什么人能知道是哪颗行星。”

他突然有了决定，快步走向愚可。“你还记得些什么？”

他差点加上“小子”两字，但没有说出口。

“主要是那艘太空船，”愚可说，“还有太空分析。”

莎米雅来到船长身边。两人站在愚可面前，莎米雅感到兴奋的情绪去而复返。“那么这全是真的？但若是这样，他怎么会受到心灵改造呢？”

“心灵改造！”瑞斯提船长若有所思地说，“我们来问问他。喂，你，不管你是当地人或外星人士或其他东西，你怎么会受到心灵改造？”

愚可显得困惑不已。“你们都这样说，就连罗娜也是，但我不知道那是什么意思。”

“那么，你从什么时候开始失去记忆？”

“我不确定，”他再度开口，口气相当绝望，“我本来在一艘太空船上。”

“这点我们知道，说下去。”

莎米雅说：“大吼大叫没有用，船长，你会把他剩余的一点智力也赶出去。”

愚可全心全意拉扯着心灵的暗角，这份努力使他无法容纳其他的情绪。“我不怕他，大小姐，我在试着回忆。有一个危机，我确定这一点。弗罗伦纳有很大的危险，可是我记不起详细的情况。”说完这段话之后，连他自己也惊讶不已。

“整个行星都有危险？”莎米雅迅速向船长瞥了一眼。

“是的，是原子流带来的。”

“什么原子流？”船长问道。

“太空原子流。”

船长双手一摊。“这是疯话。”

“不，不，让他说下去。”现在信心又回到莎米雅这边。她的嘴唇微张，黑眼珠闪着光芒，当她微笑时，浅浅的酒窝浮现在两颊与下巴之间。“太空原子流是什么？”

“许多不同的元素。”愚可含糊地说。他已经对瓦罗娜解释过，不愿重头再说一遍。

他说得很快，几乎没有条理，想到哪里说到哪里，像是被那些想法驱动一样。“我送了一封电讯给萨克上的办事处，这点我记得非常清楚。我必须很小心，那不只是弗罗伦纳的危机。没错，绝不只是弗罗伦纳。它的范围和银河一样广，必须小心翼翼处理。”

他似乎和在场其他人不再有任何实质联系，似乎活在过去的一个世界，而遮盖这个世界的帷幕正逐渐消失。瓦罗娜试图安慰他，将一只手放在他的肩头，并且说：“好了！”但他甚至对这些也无动于衷。

“不知怎么搞的，”他喘着气继续说，“萨克上某位官员截收到我的电讯。那是个错误，我不知道怎么会发生这种事。”

他皱起眉头。“我确定我是用分析局专用的波长，将它传给当地办事处。你们认为次乙太电讯能被窃听吗？”“次乙太”这个名词那么容易就脱口而出，他甚至未曾感到惊讶。

他或许是在等待答案，但他的眼睛仍视而不见。“反正，当我在萨克着陆的时候，他们已经在等我。”

他又顿了一顿，这回时间很长，显然是在沉思。船长完全没有打断他，他自己似乎也在沉思。

然而，莎米雅却说：“谁在等你？谁？”

愚可说：“我……我不知道，我不记得。不是办事处来的，是个萨克人。我记得跟他谈过，他知道这个危机，他提到过，我确定他提到过。我们坐在一张桌子旁边，我记得那张桌子，他坐在我对面，这段记忆就像太空一样澄澈。我们谈了好一阵子，我似乎不急于提供详情，我确定这一点，我必须先对办事处的人说。然后他……”

“怎么样？”莎米雅催促道。

“他做了一件什么事。他……不，再也想不起来了，想不起来了！”

他尖叫几声，接着是一片静寂。最后，竟是船长的手腕通话器发出的单调嗡嗡声，打破了这一片静寂。

他说：“什么事？”

回答的声音又尖又细，而且带着恰到好处的敬意。“来自萨克致船长的电讯，要求船长亲自接收。”

“很好，我现在就去次乙太通讯室。”

他转向莎米雅：“大小姐，我能否提醒您，无论如何，现在已经是晚餐时间。”

他看到这女孩正要推说她毫无胃口，并催促自己离去，叫自己别再打扰她。于是，他又以更圆滑的方式说：“现在也是喂这两个家伙吃饭的时候，他们也许已经又饿又累。”

莎米雅没有理由反对。“我一定要再来见他们，船长。”

船长默默一鞠躬。这或许代表默从，也或许不是。

莎米雅·发孚情绪亢奋。她对弗罗伦纳所做的研究，满足了那个知性自我的某种抱负。但是这个“某地球人受心灵改造的神秘事件”（这几个字在她心中加上了引号），却挑逗着原始得多、贪婪得多的那个自我，唤起了她心中纯粹动物性的好奇。

这是个疑案！

吸引她的共有三大疑点，其中不包括（在这种情况下）或许最合理的一个问题：此人的故事是否并非实情，而只是妄想或蓄意的谎言。若怀疑这件事的真实性，会破坏了它的神秘性，莎米雅不能允许这种结果出现。

因此，那三个疑点如下：（一）威胁弗罗伦纳，或者说威胁整个银河的危机是什么？（二）改造那个地球人的是谁？（三）那人为何要使用心灵改造器？

她决心抽丝剥茧，直到自己彻底满意为止。没有人会谦虚到不相信自己能当个称职的业余侦探，况且莎米雅绝不是个谦虚的人。

她以不失礼的最快速度吃完晚餐，随即匆匆跑到那间禁闭室。

她对守卫说："把门打开！"

那名船员依然站得笔直，以毫无感情但充满敬意的眼神望着前方。"启禀大小姐，这门不能打开。"

莎米雅喘了几口气。"你竟敢这么说？如果你不立即把门打开，我就要去报告船长。"

"启禀大小姐，这门不能打开，这是船长下达的严格命令。"

她又狂奔到上层甲板，闯进船长的舱房，像是一阵压缩成六十英寸的龙卷风。

"船长！"

"大小姐？"

"你有没有下令，不准我见那个地球人和那个当地女子？"

"我相信，大小姐，我们曾经达成协议，只有当我在场的时候，您才能够会见他们。"

"那是指晚餐之前。可是你看不出他们不会害人吗？"

"我看出他们似乎不会害人。"

莎米雅强忍住心中的怒气："这样的话，我命令你现在就跟我来。"

"我无法从命，大小姐，情况有所改变。"

"怎样改变？"

"他们必须由萨克有关当局来问话，在此之前，我认为他们不该接触任何人。"

莎米雅拉长下巴，但几乎立刻纠正了这个不端庄的表情："不用说，你不会把他们送交弗罗伦纳事务部吧？"

"这个，"船长虚与委蛇，"那当然是最初的打算。他们未经许可就离开他们的村镇；事实上，他们未经许可就离开他们的行星。此外，他们还利用一艘萨克航具偷渡。”

“最后一点是个错误。”

“是吗？”

“无论如何，在上次面谈之前，你就知道他们所有的罪状。”

“但是直到那次面谈，我才听到这个所谓的地球人要说些什么。”

“所谓的？你自己说地球这颗行星的确存在。”

“我是说它可能存在。可是，大小姐，我能否斗胆请问，您究竟希望看到我们如何处置这两个人？”

“我认为应该详加调查那个地球人的经历。他提到弗罗伦纳有危险，还提到萨克上有人企图对有关当局隐瞒事实。我甚至还认为这件案子该交给家父处理。在适当的时候，我真的要带他去见我父亲。”

船长说：“实在高明啊！”

“你在讽刺我吗，船长？”

船长马上涨红了脸。“请您原谅，大小姐，我是在说我们的囚犯。能否准许我稍作说明？”

“我不知道你的‘稍作说明’是什么意思，”她气呼呼地回嘴，“但是我想你可以开始。”

“谢谢您。首先，大小姐，我希望您不会小看弗罗伦纳上的动乱。”

“什么动乱？”

“您不可能忘记图书馆的案子吧？”

“一名巡警被杀！是啊，船长！”

“今天早上又有另一名巡警被杀，大小姐，此外还有一个当地人。当地人杀害巡警并不寻常，这回有人连犯两案，却仍然逍遥法外。他是独自作案吗？这是偶发事件吗？或者全部属于一个谨慎策划的阴谋？”

“显然你相信后者。”

“是的，没错。那个当地人凶手有两个共犯，他们的形容颇像我们抓到的这两个偷渡者。”

“你从来没这样说！”

“我不希望惊吓大小姐。然而，您该记得，我一再告诉您他们可能是危险人物。”

“很好，这一切又能推出什么结论？”

“弗罗伦纳上发生的几桩凶杀案，会不会只是个障眼法，目的是为了分散巡警队的注意力，好让这两个人偷偷登上我们的太空船？”

“听来多么愚蠢。”

“是吗？他们为什么要逃离弗罗伦纳？我们还没问他们。让我们假定他们是要躲避巡警的追捕，因为那绝对是最合理的假设。他们为什么偏偏要逃到萨克去？还刚好上了来接大小姐的太空船？而且他声称自己是个太空分析员。”

莎米雅皱起眉头。“那又怎样？”

“一年前，据报有个太空分析员失踪，这个消息从未对外公布。我当然知道，因为我的太空船曾参与那次近太空搜寻任务。弗罗伦纳上的混乱不论是谁主使的，那人无疑利用了这一点。光是从他们知道有个太空分析员失踪，就能看出他们是个多么严密、效率高到多么不可思议的组织。”

“有可能这个地球人和那个失踪的太空分析员毫无关系。”

“没有直接的关系，大小姐，这点绝无疑问。但若认为毫无关系，就等于承认有太多的巧合。我们遇到的是个冒牌货，那就是他声称受过心灵改造的原因。”

“哦？”

“我们怎样才能证明他不是个太空分析员？除了放射性这个明显的事实，他对地球这颗行星没有更深的认识。他不会驾驶太空船，他对太空分析一无所知。他坚持自己受过心灵改造，企图以此掩饰一切。您看出来了吗，大小姐？”

莎米雅无法直接回答。“可是为了什么目的呢？”她追问道。

“好让您进行您刚才提到打算进行的事，大小姐。”

“调查这桩疑案？”

“不，大小姐，是带那个男的去见令尊。”

“我还是不懂。”

“有几种可能性。最好的情况，他可能是个企图刺探令尊的间谍，若不是为弗罗伦纳工作，那么就是为川陀工作。我猜想川陀的老阿贝尔一定会出面，指认他是个地球人。即使不为其他理由，也能借着质问这件虚构的心灵改造案，把萨克好好羞辱一番。最坏的情况，他是行刺令尊的刺客。”

“船长！”

“大小姐？”

“这简直荒唐！”

“也许吧，大小姐。但若是这样，那么国家安全部同样荒唐。您该记得就在晚餐前，我被召去接收一封来自萨克的电讯。”

“没错。”

“就是这封。”

莎米雅接过那个半透明的箔片，上面的红色字迹写着：“据报两名弗罗伦纳人利用阁下太空船偷渡。立即将他们逮捕。其中之一可能声称是太空分析员而不是弗罗伦纳当地人。阁下对此事勿采取任何行动。阁下要对这两人的安全负绝对责任。将他们扣留直到押送至国安部。绝对机密。绝对紧急。”

莎米雅目瞪口呆。“国安部，”她说，“国家安全部。”

“绝对机密。”船长说，“我破例向您透露此事，可是您让我毫无选择余地，大小姐。”

她说：“他们会怎样对他？”

“我不敢确定，”船长说，“可以肯定的是，一名有着间谍和刺客双重嫌疑的人无法指望获得良好的待遇。搞不好他会弄假成真，会知道心灵改造器真正长得什么样子。”

第十二章
侦探

五大大亨其他四位，各自以不同的方式凝视着发孚大亨。玻特怒气冲冲，鲁内觉得有趣，巴里感到厌烦，而斯汀则心生畏惧。

鲁内首先开口，他说："有人叛变？你试图用这句话来吓唬我们吗？那是什么意思？背叛你？背叛玻特？还是背叛我？是谁叛变，又如何叛变？看在萨克的份上，发孚，这些会议妨碍了我的正常睡眠。"

"这些问题的答案，"发孚说，"可能妨碍许多人的正常睡眠。我不是指背叛我们之中哪一位，鲁内，我是指背叛萨克。"

玻特说："萨克？无论如何，如果不是我们，它又是什么？"

"称之为神话吧，称之为普通萨克人相信的任何东西。"

"我搞不懂。"斯汀悲叹道，"你们这些人好像总是对驳倒对方最感兴趣。真是的！我希望你们赶紧结束这一切。"

巴里说："我同意斯汀的话。"斯汀显得很满意。

发孚说："我万分乐意立刻做出解释。我想，你们都已经风闻弗罗伦纳最近发生的动乱。"

鲁内说："国安部特遣员提到有几名巡警被杀，你指的是那件事吗？"

玻特气呼呼地插嘴："奉萨克之名，如果我们非得开会不可，就让我们讨论一下这件事。几名巡警被杀！他们活该被杀！你是要说当地人可以随随便便走到巡警面前，用一根棍子把他的头打烂？为什么巡警会让手上持有棍子的当地人接近？为什么不在二十步之外就把那个当地人轰掉？

"奉萨克之名，我要好好教训巡警团一顿，从团长到新兵都不放过，把每个蠢材都调到太空去。整个巡警团只是一堆肥肉，他们在那里的日子过得太容易。我说我们应该每隔五年就在弗罗伦纳戒严一次，把上面的捣蛋鬼通通清掉。这样可以让当地人安分，而且让我们的人保持机警。"

"你说完了吗？"发孚问道。

"是的，暂时说完了，不过我还会再提出来。那里也有我的投资，你该知道。也许不如你的那么大，发孚，却也大到足以让我担心。"

发孚耸了耸肩，突然转向斯汀。"你究竟有没有听说那些动乱？"

斯汀吓了一跳。"我听说了。我的意思是，我听到你刚才说……"

"你没读过国安部的公告？"

"这个，真是的！"斯汀突然对自己又尖又长的指甲起了很大的兴趣，它们全都仔细涂上铜色指甲油，"我不会总是有时间阅读所有的公告，我不知道那是我的必读文件。事实上，"他将所有的勇气聚集在两只手里，同时正视着发孚，"我不知道你已为我定了规矩。真的！"

"我没有。"发孚道，"话说回来，既然至少有你对详情一无所知，就让我为你做个摘要。其他诸位可能也会发觉这很有意思。"

令人惊讶的是，四十八小时内发生的事几句话就能讲完，而且听来十分无趣。首先，有人意外地查询太空分析参考书。然后，一名半退休的巡警头部受到重击，两小时后死于头骨碎裂。然后是一场追捕，追到一名川陀间谍的巢穴就追不下去了。然后又有一名巡警在清晨被杀，凶手穿走那名巡警的制服，而数小时后，那名川陀间谍也遭到杀害。

"假如你希望知道最新消息，"发孚最后说，"可以在这个琐事目录中加上以下内容。几小时前，弗罗伦纳的城中公园里发现一具尸体，或者该说一副骸骨。"

"谁的尸体？"鲁内问道。

"别着急，拜托。在它旁边有一堆灰烬，似乎是一堆烧焦的衣服。所有的金属附件都被仔细取走，但灰烬分析证明它本是一件巡警制服。

"那位假冒巡警的朋友？"巴里问道。

"不太可能。"发孚说，"谁会秘密将他杀害？"

"自杀，"玻特以恶毒的口吻说，"那个沾满鲜血的混蛋能指望逍遥法外多久？我想让他这样死是便宜了他。在我看来，我真想找出巡警团中谁该为他的自杀负责，再把装了一发能丸的手铳交到他们手中。"

"不太可能。"发孚又说，"如果是那个人自杀，他只有两种选择。一是先杀死自己，再脱掉他的制服，将它轰成灰烬，取出皮带环和饰扣，然后把它们丢掉。二是他先脱去身上的制服，化为灰烬，取出皮带环和饰扣，裸体走出洞穴，也可能是穿着内衣裤，将它们丢弃，再回到洞里，最后把自己杀掉。”

“那尸体在一个洞穴中？”玻特问道。

“在公园的一个装饰性洞穴中，没错。”

“那么他有充分的时间，还有充分的隐秘性。”玻特斗志高昂，他不喜欢轻易放弃一个理论。“他也可能先摘掉皮带环和饰扣，然后再……”

“试过从完好的巡警制服上摘掉饰扣吗？”发孚以讽刺的口吻问，“假使尸体属于自杀身亡的冒牌巡警，你能提出一个动机吗？此外，我从验尸官那里得到一份报告。他们研究过尸体的骨骼结构，发现那副骸骨既不属于任何巡警，也不属于任何弗罗伦纳人，它是一名萨克人的骸骨。”

斯汀高声叫道：“真的！”巴里的一双老眼张得老大。鲁内猛然闭上嘴巴，金属义齿随即不见了，它们原本不时闪闪发光，为他周围的幽暗空间增添一点生气。就连玻特也愣在那里，一句话都说不出来。

“你们听懂了吗？”发孚问道，“现在你们了解，制服的金属部分为什么要取走。杀害那个萨克人的凶手，希望我们将灰烬误认为是那萨克人自己的衣服，是在动手之前先被除下来化为灰烬。这样我们可能就会以为那是自杀，或是一件私人仇怨导致的结果，和那位假冒巡警的朋友扯不上关系。他不知道的是，灰烬分析可以分辨萨克服装中的蓟茼和巡警制服中的纤维，即使没有皮带环和饰扣也一样。

“根据一个被害的萨克人，以及一堆巡警制服的灰烬，我们唯一能做的假设，就是在上城某个角落，有个活生生的镇长穿着萨克服装行动。我们那位弗罗伦纳朋友，在假扮巡警够久之后，发觉那样风险太大，而且越来越大，于是决定变成一个萨克人，而他采用的是他唯一能用的办法。”

“他被抓到了吗？”玻特嘶哑地追问。

“不，他没被抓到。”

“为什么？奉萨克之名，为什么没被抓到？”

“他会被抓到的。”发孚淡然道，“此时此刻，还有更重要的事值得我们伤脑筋。比较之下，上述的暴行根本微不足道。”

“有话直说！”鲁内随即催促。

“耐心点！首先，让我问各位一件事，你们是否还记得去年那个失踪的太空分析员？”

斯汀吃吃笑了起来。

玻特以无比轻蔑的口气说：“又来了？”

斯汀问道：“两者有关联吗？或者我们只是要从头再提一遍去年那个可怕的事件？我烦了。”

发孚不为所动，他说：“昨天和前天的爆炸性发展，始于有人在弗罗伦纳图书馆查询有关太空分析的参考书。对我而言，这就是足够的关联。让我们看看，我是否能让你们几位也接受这个关联。我要从涉及图书馆案件的三个人开始说起，拜托，不要打断我，让我好好说几句话。

“第一个人是个镇长，他是三人中最危险的一个。当初在萨克上，他拥有极佳的记录，是个聪明而且忠诚的人才。不幸的是，现在他拿这些能力转而对付我们。他无疑要对这四件凶杀案负责，对任何人而言，这都是个不简单的记录。想到四人之中包括两名巡警，以及一名萨克人，对一个当地人来说，实在令人不敢置信。而且他还没有被抓到。

“第二个牵涉本案的人是个当地女子。她没受过教育，而且完全无足轻重。然而，过去两天以来，对这个案子在各方面展开广泛调查的结果，使我们知道了她的背景。她的双亲是‘蓟茄灵魂’的成员，不晓得你们还有没有人记得，那是差不多二十年前，一个颇为可笑的农民谋反组织，后来毫不费力就扫平了。

“而这就引出了第三个人，他是三人之中最不寻常的。这第三个人是个普通的厂工，而且是个白痴。”

玻特深深吐出一口气，同时斯汀发出尖锐的吃吃笑声。巴里的双眼依然紧闭，鲁内则坐在黑暗中一动不动。

发孚说：“‘白痴’这两个字不是比喻。国安部已经无所不用其极，可是他的背景只能追查到十个半月之前。那个时候，他在弗罗伦纳最大的都会附近一个村镇被人发现，处于心智完全空白的状态。他不能走路也不能说话，甚至不能自己进食。

“现在请注意，他首度出现时，正是那个太空分析员失踪几周之后。此外还请注意，在几个月之内，他就学会了说话，甚至在蓟茄加工厂找到一份工作。什么样的白痴能学得那么快？”

斯汀近乎热切地接口道：“哦，真的，如果他是受到适当的心灵改造，就可以做到这样……”他的声音越来越小。

发孚以讽刺的口吻说：“在这一方面，我想不出更伟大的权威。然而，即使没有斯汀的专家意见，我也早有同样的想法，那是唯一的可能解释。

“而心灵改造只能在萨克或弗罗伦纳的上城进行。为了做到万无一失，我们清查过上城每一间诊所，却没找到任何非法使用心灵改造器的迹象。然后，我们的一位调查员想到，应该查查那白痴出现后才去世的医生所保有的记录。冲着他能想到这点，我就一定要给他升职。

“在那些诊所中某一家，果然发现那个白痴的一份记录。大约六个月前，有个农家女，就是上述三人之一，曾带他去做身体检查。这显然是个秘密行动，因为她那天休工，用的根本是另一个借口。医生为那个白痴做了检查，记录下心灵遭到改造的确切证据。

“这里有个很有趣的一点。那位医生的诊所属于那种双层的，同时对上城和下城营业。他是个理想主义者，这种人认为当地人也该享有一流的医疗。他还是个有条不紊的人，一切记录都有完整的两份，分别放在两间诊所内，以避免不必要的上上下下。他不将萨克人和弗罗伦纳人的档案隔离，在我看来，这也能满足他的理想主义。可是那个白痴的记录只有一份，而且是唯一没有副本的记录。

“为什么会这样呢？假如基于某种原因，他主动决定不要复制这个特殊的记录，它为什么偏偏夹在上城的记录中？为什么不和下城的记录放在一起？毕竟，那人是个弗罗伦纳人，带他去求医的也是个弗罗伦纳人，而且是在下城诊所接受检查的。这一切，都明明白白记录在我们找到的那份记录中。

“这个奇特的谜题，可能的答案只有一个。那个记录本来的确有两份，可是某人毁掉了下城档案中那一份，而他却不知道上城诊所还有一份。现在让我们继续讨论下去。

“在那个白痴的检查记录中，附有一个明确的注记，写明在下次呈交国安部的例行报告里，要把这个病历中的发现包括在内。那是完全正确的，任何与心灵改造有关的病历，都可能牵涉到罪犯甚至颠覆分子。可是这个报告一直没有做出来，因为不到一个星期，他就死于一场交通意外。

“这么多巧合堆在一起，简直令人忍无可忍，对不对？”

巴里张开眼睛：“你告诉我们的是个侦探惊悚故事。”

“没错。”发孚以满意的口气喊道，“是个侦探惊悚故事。此时此刻，我就是那名侦探。”

“那么谁是被告？”巴里疲倦地悄声问道。

“还没出场，让我再多扮一会儿侦探。”

在这场他视为萨克前所未有的危机当中，发乎突然发觉自己玩得开心极了。

他说：“让我们再从另一头来探讨这个故事。我们暂且忘掉那个白痴，记起那个太空分析员来。我们第一次听说这个人，是他对运输局发出通知，说他的太空船很快就要着陆。他在早些时候发出的一封电讯，其中包括了这个通知。

“那个太空分析员始终未曾抵达，我们在近太空到处都找不到他。非但如此，太空分析员发出的那封电讯，后来转交运输局保存，结果竟然不见了。分析局声称是我们蓄意隐藏这封电讯，国安部则相信分析局是为了宣传而捏造出一封虚构的电讯。现在我才明白，我们两方都错了。那封电讯确实曾经送达，但并非被萨克政府隐藏起来。

“让我们创造一个人物，暂且称他为X。X有办法接触运输局的记录，因此获悉那个太空分析员的存在，也知晓了他所发的电讯。而且他有足够的头脑和能力，足以采取迅速的行动。他设法将一封秘密的次乙太电报送到太空分析员的船上，引导那人降落在某个小型私人着陆场。太空分析员照做了，而X就在那里等他。

“太空分析员那封有关劫数的电讯，X把它带在身上。这样做也许有两个理由。第一，借着消灭这份证据，使得可能展开的侦查摸不着头绪；第二，或许带着它，就能赢得那个疯狂太空分析员的信任。假如那个太空分析员觉得只能对自己的上司报告，而他很可能真的有这种感觉，X可以通过证明自己已经掌握事实的梗概，让太空分析员逐渐把他当成自己人。

“那个太空分析员一定说了，这点毫无疑问。不论说得多么语无伦次，多么疯狂，听来多么不可能。X意识到它可作为极佳的宣传武器，于是寄出勒索信给五大大亨，也就是我们。他的行事步骤，照他当初的计划，大概正是我以前怀疑川陀将采取的行动。假使我们无法与他达成协议，他就打算利用末日即将来临的谣言，使弗罗伦纳的生产陷于瘫痪，直到我们被迫投降为止。

“可是不久之后，出现了他的第一次失算。有件事把他吓到了，我们待会儿再讨论究竟是什么。无论如何，他研判必须等一阵子才能继续。然而，等待牵涉到一个麻烦。X不相信那个太空分析员的故事，可是太空分析员自己无疑极其认真。X必须做出妥善的安排，好让太空分析员愿意让他的‘劫数’等一等。

“这点太空分析员绝对做不到，除非他执迷不悟的心灵停止运作。X或许杀了他，不过在我看来，他需要那个太空分析员提供进一步的资料（毕竟，他自己对太空分析一窍不通，不能靠吓唬人就进行一次成功的勒索）。此外，万一X彻底失败，或许还能拿他换回自己的性命。反正，他动用了心灵改造器。经过改造之后，他掌握的不再是个太空分析员，而是个没有心智的白痴，一时之间不会带给他任何麻烦。而在一段时日之后，他的意识会逐渐恢复。

“下个步骤呢？那就是要确定，在这一年的等待中，那个太空分析员不会被人找到；没有任何重要人物会看到他，即使他只是个白痴。所以他采取一个高明的简单方法，把那人带到了弗罗伦纳。而在将近一年的时间中，那个太空分析员只是个心智鲁钝的当地人，乖乖地在蓟茼加工厂工作。

“我猜想在这一年间，他或者他亲信的部下，曾不止一次造访他‘安置’那个白痴的村镇，看看他是否安全，身体是否还算健康。在某次造访期间，他不知如何获悉那个白痴曾去看过医生，那个医生一眼就能看出心灵改造的手术。于是那个医生死了，他的记录也不翼而飞，至少下城诊所那一份如此。这就是X的第一次失算，他从未想到上城的诊所可能有份副本。

“然后又出现了他的第二次失算。那个白痴恢复意识的速度太快了点，那个镇长又有足够的头脑，看得出问题没那么简单。或许照顾白痴的那个女孩，将心灵改造的事告诉过那个镇长，这点只是猜测。

“这就是我要讲的故事。”

发乎强壮的双手互相紧握，等待着其他人的反应。

鲁内最先做出回应。他身旁的区域已经大放光明，此时他坐在那里，一面眨眼一面微笑。“这是个中等沉闷的故事，发乎。要是在黑暗中再待一会儿，我就会睡着了。”

“在我看来，”巴里缓缓说道，“你创造的这个故事，和去年那个一样无稽，有九成都是臆测。”

“无聊透顶！”玻特说。

“无论如何，X到底是谁？”斯汀问，“如果你不知道X是谁，那一切都毫无意义。”他优雅地打了一个呵欠，用弯曲的食指盖住他一口小白牙。

发乎说：“至少我们其中之一看出了关键，X的身份是整个事件的核心。让我们考虑一下，假如我的分析正确，那么X必定拥有哪些特征。

“首先，X这个人在国务院有内应。此外，这个人能下令使用心灵改造器，这个人自认能安排一次强有力的勒索行动，这个人能将太空分析员毫无困难地从萨克带到弗罗伦纳，这个人有办法害死弗罗伦纳上一名医生。当然，他绝不是无名小卒。

“事实上，他百分之百是个有头有脸的大人物。他一定是五大大亨之一，你们不这样认为吗？”

玻特从座位上一跃而起，头部立刻不见了，只好赶紧坐回去；

斯汀冒出尖锐、歇斯底里的笑声；鲁内的眼睛半埋在周围的肥肉里，此时正射出狂放的精光；巴里则缓缓摇着头。

玻特呐喊道：“到底是谁受到指控，发孚？”

“目前还没有，”发孚保持镇定的态度，“没有特定的人。让我们这么说吧，疑犯就是我们五人。在萨克上，没有其他人能做到X做到的事。只有我们五个人，这点毋庸置疑。问题是，究竟是五人中哪一位？首先我要说，不是我自己。”

“我们可以相信你的话，不是吗？”鲁内发出冷笑。

“你们不必相信我的话。”发孚顶回去，“我是唯一没有动机的人，X的动机是想控制蓟苘产业，而我已经在控制它。我足足拥有弗罗伦纳土地的三分之一，我的加工厂、机械工厂以及货运船队具有压倒性优势，只要我愿意，足以把你们任何一人或是全部淘汰出局。我不必诉诸复杂的勒索手段。”

他大吼大叫，盖过其他四人加在一起的声音：“听我说！你们其他人都有动机。鲁内的大陆最小，占有率也最小。我知道他不满意，他无法假装对此满意。巴里拥有最古老的世系，过去有一段时间，他的家族曾统治整个萨克，他大概还没忘记。玻特在审议会中总是遭到否决，因此不能在他的领土上，照他自己喜欢的方式，以神经鞭和手铳经营事业，他对这点一直怀恨在心。斯汀有许多奢侈的嗜好，他的财务状况很糟，债务把他逼得很紧。所有可能的动机都在这里，嫉妒、觊觎权力、觊觎财富、渴求威望。好了，你们究竟哪个是X？”

巴里一双老眼陡然射出怨毒的光芒：“你不知道？”

“这没有关系。现在听着，我说过在我们收到他第一封信之后，有件事吓着了X（让我们还是叫他X）。你们知道是什么事吗？就是我在第一次会议中，鼓吹一致行动的必要性。X当时在场，X一直是我们的一员。他知道一致行动代表了他的失败。他原本指望赢过我们大家，因为他知道我们对各洲自治有顽固的理想，会让我们死到临头还互不相容。他发觉自己错了，于是决定按兵不动，等急迫感消失后，他可以再继续进行。

“但他还是错了，我们仍会采取一致行动。既然X是我们其中之一，想要确实做到这点只有一个办法。各洲自治不能再继续，它已是我们无法承担的一项奢侈。因为倘若X的计谋得逞，要不就是我们其他人通通破产，要不就是导致川陀的介入。我，我自己，是我唯一能信任的人。所以从现在起，由我领导一个统一的萨克。你们同意吗？”

其他人纷纷起身，拼命大喊大叫。玻特挥舞着拳头，他的嘴角冒出少许唾沫。

实际上，他们什么都做不到。发孚不禁微笑，每个人都隔着洲际距离，他大可坐在办公桌后面，看着他们龇牙咧嘴、口沫横飞。

他说：“你们没有选择。自从我们召开第一次会议后，这一年以来，我也在做自己的准备工作。当你们四位静静地开会的时候，听我说，忠于我的军官已经接掌了舰队。”

“叛变！”众人咆哮道。

“对各洲自治的叛变，”发孚反驳，“对萨克的忠诚行为。”

斯汀的手指神经质地互相缠绕，红润、铜色的指尖是他全身皮肤唯一有色彩的部分。“但元凶是X。即使X是我们其中之一，另外三人却是清白的。我不是X，”他以狠毒的眼光环顾四周，“X是其他三人之一。”

“你们之中那些清白的，若是愿意的话，可以加入我的政府，根本没有任何损失。”

“可是你不会说谁是清白的，”玻特怒吼道，“根据这个X的故事，你会将我们全部拒于门外。根据这个……根据这个……”他喘不过气来，只好就此打住。

“我不会那样做。二十四小时后，我就会知道X是谁。我还没告诉你们，我们一直在讨论的那个太空分析员已经在我手中。”

其他人沉默下来，以保留与怀疑的目光互相凝望。

发孚咯咯笑了几声。“你们在纳闷哪位会是X。其中一个人知道，这点可以确定。而二十四小时后，我们大家都会知道。现在牢牢记住，诸位，你们全都无能为力，能作战的船舰都是我的。再见！”

他做了一个解散的手势。

众人的影像一个个消失，就好像显像板上远方的星光突然被一艘遇难的船舰所遮掩。

斯汀是最后一个离开的。“发孚。”他以颤抖的声音说。

发孚抬起头来。“什么事？现在只剩我们两人，你准备招认了？你就是X？”

斯汀的脸孔扭曲，露出极度惊骇的表情。“不，不，真的。我只是想问问，你是否真是认真的。我是指各洲自治和其他的一切。真的吗？”

发孚望着墙上的古老精密时计。“再见。”

斯汀轻声啜泣，抬起手来按下开关，他的身影随即消失。

发孚面无表情、一动不动地坐在原处。会议业已结束，危机的最高潮已成过去，沮丧的情绪遂将他攫获。在他宽大的脸庞上，不见嘴唇的嘴巴像一道深深的伤口。

所有的计算都源自一项事实：那个太空分析员是个疯子，根本没有什么劫数。可是在一个疯子周围，却已经发生那么多事。分析局的琼斯会花一年时间寻找一个疯子吗？他会如此锲而不舍地追查一个无稽的故事吗？

这点发孚从未告诉任何人，他自己也几乎不敢面对。假如那个太空分析员根本没有疯，那该怎么办？假如蓟[illegible]的世界危在旦夕，那又该怎么办？

弗罗伦纳籍秘书悄然来到发孚大亨面前，他的声音细微而干涩。

“阁下！”

“什么事？”

“接贵千金的太空船已经着陆。”

“太空分析员和那个当地女子没事吧？”

“是的，阁下。”

“我不在的时候，不要进行任何问话。在我抵达之前，不准他们见任何人……有没有弗罗伦纳来的消息？”

“有的，阁下。那个镇长已被拘捕，目前正送往萨克。”

第十三章
游艇玩家

随着暮色渐深，航站的灯光逐渐明亮。无论在任何时刻，整体照明都保持在黄昏时分的亮度。九号航站像上城其他游艇航站一样，终日维持白昼的状态，与弗罗伦纳的自转无关。在正午阳光的照耀下，光度或许有明显的增强，不过那只是唯一的变化。

马其斯·坚若之所以知晓白天已成过去，是因为当他走进航站时，城中的七彩光芒通通被留在外面。在渐深的夜幕背景中，那些光芒也相当明亮，但它并未试图制造白昼的假相。

坚若在航站大门内侧停下脚步。马蹄形航站内有三十六个棚库，以及五个发射眼，但他似乎都没有放在眼里。航站是他的一部分，是任何经验丰富的游艇玩家的一部分。

他取出一根长条形香烟塞进嘴里，那根香烟外表呈紫色，尖端贴着极薄的银色蓟茼。他用双手罩住裸露烟草的尖端，深深吸了一口，看着它发出绿色的光焰。这种香烟燃烧很慢，而且没有烟灰。不久，一股翠绿色的烟雾从他鼻孔钻出来。

他喃喃道："一切如常！"

一名游艇委员会的成员快步向坚若走来，刻意避免显得慌慌张张。那人穿着游艇装，只有短袖上衣某颗扣子的上方，绣着几个既得体又高雅的字，以显示他是委员会的成员。

“啊，坚若。为何不该一切如常呢？”

“嗨，多提。我只是在想，现在外面乱七八糟，可能哪个聪明人会想到把航站通通关闭。感谢萨克，幸好没有。”

那名委员正色道：“你可知道，真有可能会这样。你有没有听说最新的消息？”

坚若咧嘴笑了笑。“你怎能分辨最新的和次新的消息？”

“嗯，你有没有听说那个当地人此时此刻的动向？那个凶手？”

“你是说他们抓到他了？我没听说这件事。”

“不，他们还没抓到他。可是他们知道他不在下城！”

“不在下城？那他在哪里？”

“哈，在上城，在这里。”

“得了吧。”坚若张大眼睛，然后又眯起来，露出深疑的目光。

“不，真的。”那委员显得有点难过，“我有事实为证。好些巡警奔驰在蓟芾公路上，他们包围了城中公园，还用中央竞技场当调度中心。这些都是有根有据的。”

“好吧，也许没错。”坚若的目光在各棚库中的游艇间来回游移。“我想，我有两个月没来九号航站了。这里有没有什么新的游艇？”

“没有。嗯，有的，希欧第西的‘焰矢号’。”

坚若摇了摇头：“我看过那艘。全是铬金属，没有其他东西。我真不愿想象最后我得自己设计一艘。”

“你要卖掉‘彗星五号’吗？”

“卖掉或丢掉都行。我厌倦了这些新型游艇，它们太过自动。有了自动继动器和轨道电脑，等于毁了这项运动。”

“你可知道，我听一些人说过同样的话。”那委员表示同意，“告诉你怎么办，要是听到有人出售状况良好的旧型游艇，我立刻通知你。”

“谢了。介不介意我到处逛逛？”

“当然不会，请吧。”那委员咧嘴一笑，挥挥手，便快步走了开。

坚若慢慢四下巡视，剩下一半的香烟垂在一侧嘴角。他在每个使用中的棚库前驻足良久，以精明的眼光评估着其中的游艇。

在二十六号棚库前，他表现出高度的兴趣。他从低矮的栅栏外向内望，同时喊道：“大亨？”

这是一声很礼貌的询问，可是等了一阵子没有回音，他就不得不再叫一声。这回口气比较坚决，也比较没礼貌。

应声而出的那位大亨，外貌实在令人不敢恭维。一来他没穿游艇装；二来他需要刮脸了。而且他那顶相当惹人厌的无边帽往下猛拉，似乎盖住他一半脸孔，那是最过时的一种戴法。此外，他的态度过分谨慎，使人忍不住生疑。

坚若说：“我叫马其斯·坚若。这是你的船吗，阁下？”

“是的，没错。”这是个既缓慢又紧张的回答。

坚若没有理会。他将头向后仰，仔细打量这艘游艇的外形。接着他从嘴角取下烟蒂，随手弹到半空中。烟蒂尚未达到抛物线最高点时，就在一闪之后消失无踪。

坚若说：“不知道你介不介意让我进去？”对方犹豫了一下，然后让到一边，坚若便进了棚库。

他说：“这艘船用什么种类的发动机，阁下？”

"你为何要问？"

坚若个子很高，皮肤与眼珠的颜色相当深，一头卷发剪得很短。他比对方高出半个头，微笑时露出洁白整齐的牙齿。他说："非常坦白地讲，我准备买一艘新游艇。"

"你的意思是，你对这艘有兴趣？"

"我不知道。或许是像这样的一艘，如果价钱合适。不过，不知道你介不介意让我看看控制台和发动机？"

那位大亨站在那里默然不语。

坚若的声音变得有点冰冷。"当然，随你的便。"

他转身准备离去。

那位大亨说："我也许会卖。"他在口袋中摸了摸，"这是驾照！"

坚若以经验丰富的目光，迅速看了看驾照正反两面，然后还了回去。"你是狄蒙？"

那位大亨点了点头。"如果有兴趣，你可以进来。"

坚若瞥了一眼航站的大型时计，现在是日落后第二个小时的开始。这种时计的指针能放出冷光，即使在白昼下也会闪闪发亮。

"谢谢你，你不带路吗？"

那位大亨又在口袋里乱翻一阵，最后掏出一叠钥匙条。"你先请，阁下。"

坚若接过那叠钥匙条。他一条条翻过去，寻找着印有"艇身印记"小型标志的那条。对方没有试图帮他的意思。

最后他终于说："我想是这条？"

他顺着短小的斜梯走到气闸口，开始细心地检视气闸右侧的细缝。"我找不到……哦，在这里。"他走向气闸另一侧。

闸门慢慢地、无声地敞开，坚若便走进一团黑暗中。随着闸门在他们身后关上，红色的气闸自动开启。接着内门打了开，而在他们进入艇身后，整条游艇全都亮起白色的光芒。

米尔林·泰伦斯毫无选择的余地，他早已忘记所谓的“选择”何时存在过。在漫长、难熬的三个小时中，他一直在狄蒙的游艇附近等待，根本不知道该怎么办。这样做未能导致情势发生任何改变；而他看不出除了被捕，这样做还能导致其他任何结局。

后来这个人来了，看上了这艘游艇。跟他打交道根本是疯狂，在这么近的距离，自己的冒牌身份不可能不被拆穿。话说回来，他也不可能一直待在原地。

至少游艇内可能有食物，奇怪的是他竟然未曾想到这点。

的确有。

泰伦斯说：“快到晚餐时间了，你想不想吃点什么？”

对方几乎没有回过头来。“啊，或许待会儿吧，谢谢你。”

泰伦斯没有勉强他，随他在游艇中四处参观。他自己颇感欣慰地吃了些罐装肉类，以及玻璃纸包的一份水果，并且牛饮了一番。厨舱对面的走廊尽头有间浴室，他锁起门来冲了一个澡。能除掉紧箍的无边帽实在愉快，至少暂时如此。他甚至找到一个浅壁柜，可以从中拣些干净的衣服。

坚若走回来的时候，他已经恢复了许多信心。

坚若说：“嘿，你介不介意我试飞这艘游艇？”

“我不反对。你会驾驶这种型号吗？”泰伦斯装出一种十足无所谓的口气。

“我想没问题，”对方露出浅浅的微笑，“我总是自夸会驾驶任何正规的型号。无论如何，我已经自作主张联络了控制塔，有个发射眼是空的。这是我的游艇驾照，在我接手前，也许你想看看。”

泰伦斯草草望了一眼，就像坚若刚才所做的那样。“控制台交给你了。”他说。

游艇缓缓滑出棚库，好像半空中的一条鲸鱼，反磁艇身飘浮在发射场的厚实土壤上方三英寸处。

泰伦斯望着坚若以精准的动作操纵控制台。在他的触摸下，游艇成了活物。随着每一下细微的开关动作，显像板上具体而微的发射场不断挪移与变化。

游艇终于停下来，对准一个发射眼的顶端。艇首逐步加强反磁磁场，开始转向正上方。驾驶舱开启万用水平自由平衡环，以平衡逐渐改变方向的重力，使泰伦斯幸免于感受到这个令人难过的变化。接着，游艇后缘庄严地卡进发射眼的沟槽。现在游艇站得笔直，艇首指向天空。

发射眼底部的铝合金罩滑进凹槽中，露出一百码深的中和衬层，它将吸收超原子发动机的第一波推进能量。

坚若与控制塔一直交换着不知什么内容的资料。最后，他终于说:“十秒钟后升空。”

一根石英管内逐渐上升的红色条纹，标示着时间一秒一秒流逝。十秒钟之后，发射开关自动开启，第一股动力涌浪向后喷出。

泰伦斯感到体重增加，有股力量将自己压向座椅；一阵惊慌的情绪向他袭来。

他咕哝道:“好不好驾驶？”

坚若似乎对加速度无动于衷，他的声音几乎保持自然的音色。“还算好。”

泰伦斯靠向椅背，一面试图在压力下放松，一面望着显像板。随着上方的大气层越来越薄，显像板上的星辰越来越清晰明亮。紧贴皮肤的蓟茼传来冰冷与潮湿的感觉。

现在他们来到太空，坚若正以各种速度试验游艇的性能。泰伦斯无法做出第一手判断，但他能看到，随着这位游艇玩家细长的手指在控制台上来回游移，仿佛演奏某种乐器，群星便以稳定的步伐列队通过显像板。最后，一个庞大的橘色弧形体占满显像板的澄澈表面。

“不坏，”坚若说，“你把游艇保养得很好，狄蒙。它虽然小，可是自有优点。”

泰伦斯谨慎地说：“我想，你会希望测试它的速度和跃迁能力。如果你有兴趣，那就请便，我不反对。”

坚若点了点头。“很好。你建议我们飞到哪儿去？比如说——”他迟疑了一下，又继续说：“嗯，何不到萨克去？”

泰伦斯的呼吸变得急促些，他原本就指望如此。他几乎要相信自己住在一个魔幻世界，一连串事件驱策着他的行动，他甚至不必表示意见。现在不难说服他相信，促使这些行动的并非什么“事件”，而是注定的命运。他的童年浸淫在大亨灌输给当地人的重重迷信中，这种东西在长大后也难以尽除。在萨克上，有可能遇见逐渐恢复记忆的愚可，这场游戏还没有结束。

他粗暴地说：“有何不可，坚若？”

坚若说：“那么就是萨克。”

随着游艇速度的增加，弗罗伦纳这个球体从显像板的画面中滑落，远方的群星再度出现。

“你从弗罗伦纳到萨克最快飞了多久？”坚若问道。

“没有破纪录的表现，”泰伦斯说，“普通而已。”

“那么我想，你曾有低于六小时的纪录？”

“没错，偶尔。”

“反不反对我试图逼近五小时？”

“绝不反对。”泰伦斯说。

数小时之后，他们才远离受到恒星质量扭曲的空间结构，终于能进行跃迁了。

泰伦斯发觉无法成眠是一种折磨。这是他几乎或完全没睡的第三个晚上，而几天来的紧张更使他的困倦加倍。

坚若瞟了他一眼。“你何不上床睡一会儿？”

泰伦斯在松弛的脸部肌肉上硬挤出一个精神的表情。“这没什么，没什么。”

他打了一个长长的呵欠，又露出歉然的微笑。那位游艇玩家转过身去操作仪器，泰伦斯的双眼再度变得呆滞无神。

太空游艇的座椅必须非常舒适；它必须提供适当的衬垫，帮助乘客抵抗加速度。即使不是特别疲倦的人，坐在上面也很容易进入甜美的梦乡。此时此刻的泰伦斯，甚至躺在碎玻璃上也睡得着，根本不知道他是什么时候失去神智的。

他睡了好几个小时。在他一生中，从没有睡得这么沉，甚至连一场梦也没有。

他始终未曾惊醒。当那顶无边帽从他头上摘下时，除了均匀的呼吸，他没有显现任何生命迹象。

泰伦斯迷迷糊糊地、慢慢地醒过来。有好几分钟的时间，他对身在何处没有一点概念，还以为回到了那间镇长住宅。真实的情状一步步逐渐浮现，最后，他终于能对仍在控制台上的坚若露出笑容，说道：“我猜我是睡着了。”

“我猜你的确如此，萨克就在前面。”坚若对显像板上巨大的白色新月形点了点头。

“我们什么时候着陆？”

“大约一小时后。”

现在泰伦斯已足够清醒，能意识到对方的态度起了微妙的变化。然后他才发现，坚若手中那个青灰色物体竟是一柄针枪的枪筒，他有如冷水浇头，不禁大吃一惊。

“怎么搞的……”泰伦斯一面说，一面站了起来。

“坐下。”坚若以谨慎的口吻说，他另一只手握着一顶无边帽。

泰伦斯抬手摸向头部，手指却抓到沙色的头发。

“没错，”坚若说，“这相当明显，你是个当地人。”

泰伦斯瞪大眼睛，一句话也说不出来。

坚若说：“在我还没登上可怜的狄蒙这艘游艇时，我就知道你是个当地人。”

泰伦斯的嘴巴像塞着棉花那么干，他的双眼冒出熊熊烈火。他望着那个要命的细小枪口，等待一下突然的无声闪光。他已经走到这一步，这一步，却终归输掉这场赌博。

坚若似乎不慌不忙，他稳稳地握着针枪，他的话语平静而缓慢。

“你所犯的基本错误，镇长，是以为你真能永远智胜组织化的警力。即使如此，若非你不幸选择了狄蒙作你的目标，你的表现还会更好。”

“我没有刻意选择他。”泰伦斯以低哑的声音说。

“那就称之为运气吧。艾斯塔尔·狄蒙，大约十二小时以前，站在城中公园等他的妻子。他偏偏选在那里和她会面，除了情趣没有其他理由。他们最初就是在该处邂逅的，从此以后，每年的那一天他们都在那里约会。在年轻夫妻之间，这种仪式没什么特别新奇的地方，但对他们而言似乎很重要。当然，狄蒙从未想到，由于那个地点相当偏僻，而使他成为一名凶手的合适目标。在上城，谁会想到这种事呢？

“一般情况下，这种谋杀或许要好几天才会被发现。然而，那桩罪行发生后半小时内，狄蒙的妻子就抵达现场，丈夫不在那里令她十分惊讶。他不是那种人，她后来解释，不会因为她迟到一会儿就忿忿离去。她经常迟到，他多少会预料到这种事。她忽然想到，她的丈夫可能正在‘他们的’洞穴中等她。

“当然，狄蒙原本等在‘他们的’洞穴外。因此，那是距离案发现场最近的一个洞穴，他自然就被拖到那里头去。他的妻子走进那个洞穴，结果发现——嗯，你也知道她发现了什么。她设法透过我们国安部的办公室，将这个消息通知巡警团，虽然她由于惊吓过度、歇斯底里，说话几乎语无伦次。

“以冷血的手段杀死一个人，让他的妻子在充满他俩美好回忆的地方发现他的尸体，镇长，这种感觉怎么样？”

泰伦斯险些窒息，他奋力喘过一口气，吐出满腔的愤怒与挫折。“你们萨克人杀害了数百万弗罗伦纳人，包括妇女和儿童。你们靠我们致富，这艘游艇……”这是他唯一能说的话。

“狄蒙出生时就是这种情况，他不该对此负责。”坚若说，“假使你生为萨克人，你会怎么做？放弃你的财产，去蓟莆田里工作？”

“好，那么发射吧。”泰伦斯一面扭动一面喊道，“你还在等什么？”

“没什么好急的，我有充分的时间讲完我的故事。我们本来对死者和凶手的身份都不确定，但猜想两者极可能分别是狄蒙和你。根据尸体旁边有堆巡警制服的灰烬这个事实，我们认为你显然扮成了一名大亨。我们进一步推测，你大概会前往狄蒙的游艇。不要把我们想得太愚蠢，镇长。

“事情仍旧相当复杂。你是个走投无路的人，光是追查到你于事无补。你拥有武器，假如身陷重围，你无疑会自我了断。自杀不是我们希望出现的结果；他们要在萨克上见到你，而且他们要见活口。

“对我而言，这是特别棘手的难题。我一定得说服国安部相信我能单独处理；我能不动声色而且毫无困难地把你送到萨克去。你必须承认，此时我正在这么做。

“告诉你一句实话，起初我还怀疑你究竟是不是我们要的人。你在游艇航站穿着普通的正式服装，这是不可思议的粗俗品味。在我看来，假扮游艇玩家而不穿游艇装，是任何人做梦都不会梦见的事。我以为你是故意送来的诱饵，你试图让自己遭到逮捕，而我们要的人则从另一个方向逃跑。

“我犹豫不决，于是用其他方法测验你。首先，我在错误的位置寻找钥匙孔。从来没有游艇的气闸设计成从右侧打开，钥匙孔一成不变地始终位于左侧。对于我犯的错误，你从未显现任何惊讶，一点都没有。后来我又问你，你的游艇有没有过在六小时内从弗罗伦纳飞到萨克。你说有过——偶尔。这实在不简单，最佳纪录也超过九小时。

“我判断你不可能是个诱饵，这种无知也太过头了。你一定不是装出来的，多半就是正确的目标。我只要等到你睡着了——从你脸上能明显看出你亟需睡眠——解除你的武装，悄悄地用适当的武器指着你。我拿掉你的帽子，最主要是出于好奇。我想看看萨克服装上冒出个红发头颅是什么样子。”

泰伦斯的眼睛紧盯着神经鞭。而坚若或许看到他的颚部肌肉隆起，也或许只是猜到泰伦斯在想什么。

他说：“当然我绝不能杀死你，即使你向我扑来，我也不能为了自卫而杀了你。别以为这会给你任何优势，只要动一动，我就会射掉你一条腿。”

泰伦斯的斗志瞬间消失了。他用双手的掌根按住额头，呆呆地坐在原处。

坚若轻声说:“你知道我为什么告诉你这些吗?”

泰伦斯没有回答。

“第一,”坚若说,“我相当乐于看你受折磨。我不喜欢凶手,尤其不喜欢杀害萨克人的当地人。我奉命将你活着送到萨克,但在给我的命令中从未提到我得让你有个愉快的旅程。第二,你需要对情势有全盘的了解,因为我们在萨克着陆后,下面的发展就全看你的了。”

泰伦斯抬起头来:“什么!”

“国安部知道你即将抵达。这艘船离开弗罗伦纳的大气层后,当地办公室立刻送出消息,这点你不必怀疑。可是我说过,我一定得说服国安部相信我能单独处理,而我的确做到了,这就改变了一切。”

“我不明白你在说什么。”泰伦斯绝望地说。

坚若以沉稳的态度答道:“我说‘他们’要在萨克上见到你,‘他们’要见活口。我指的‘他们’不是国安部,我指的是川陀!”

第十四章
变节者

沙姆林·琼斯从不属于冷静稳重型，一年来的挫折未曾使这点有任何改进。倘若将他的心摆放在不时震颤的平台上，他就无法细心品尝美酒。简言之，他不是路迪根·阿贝尔。

此时，琼斯刚结束一场愤怒的咆哮。他说不论川陀谍报网的情况如何，都绝不该允许萨克绑架并监禁分析局的成员。阿贝尔只是说："我想今晚你最好在这儿过夜，博士。"

琼斯冷淡地答道："我有更好的安排。"

阿贝尔说："当然，老兄，当然。话说回来，如果我的人都会被轰死，萨克一定胆大包天。在今晚结束前，你很有可能发生什么意外。所以让我们等上一晚，看看新的一天会有什么发展。"

琼斯的抗议没有任何效果。阿贝尔仍保持冷静且近乎漠然的态度，却突然开始装聋作哑。琼斯只好从命，让使馆人员礼貌而坚决地护送他到一间寝室。

他躺在床上，瞪着微微发光、映着图画的屋顶（那是冷哈登所绘"大角卫星之战"的复制品，临摹的功力还不赖），明白自己将无法成眠。然后，他就闻到一阵微弱的催眠气，遂在瞬间进入梦乡。五分钟后，强力抽风机将室内的麻醉剂清除干净，此时他所吸入的剂量，已足以维持八小时有益健康的睡眠。

琼斯在寒冷的清晨醒来，天色还是灰蒙蒙一片。

他冲着阿贝尔猛眨眼睛，问道："现在几点钟？"

"六点。"

"太空啊。"他四下望了望，并将一双细瘦的腿从被单中伸出来，"你起得真早。"

"我一直没睡。"

"什么？"

"我的确感到睡眠不足，相信我。催醒剂对我的效力已经不能和年轻时相提并论。"

琼斯低声道："请稍待一下。"

他果然一下子就完成了今天早上的梳洗工作。不久他就回到房间，一面束紧短袖上衣的腰带，一面调整磁力接缝。

"好啦？"他问，"不用说，你一定有什么事要告诉我。否则你不会整夜没睡，又在六点就把我叫醒。"

"你说得对，你说得对。"阿贝尔坐在琼斯睡的那张床上，仰头哈哈大笑，笑声尖锐但相当自制。他的牙齿露出来，在萎缩的牙龈上，那些坚固、微黄的塑胶假牙显得很不相称。

"请你原谅，琼斯。"他说，"我有点不对劲，药物导致的清醒让我有些头昏眼花。我几乎想要劝川陀派个较年轻的大使来取代我。"

琼斯问道："你发现他们终究没抓到那名太空分析员？"他的语气在讥讽中夹杂着一点乍现的希望。

"不，他们做到了。我很抱歉，但事实如此。只怕我的好心情完全是因为我们的情报网安然无事。”

琼斯很想说一句：“去你妈的情报网。”但总算忍住了。

阿贝尔继续说：“毫无疑问，他们知道柯洛夫是我们的情报员，他们可能还知道我们派到弗罗伦纳上的其他同志。那些都是小角色，萨克人知道这点，一向认为只要监视他们就好，根本不值得有进一步的行动。”

“他们杀了一个。”琼斯立即指出。

“他们没有，”阿贝尔反驳道，“是那名太空分析员的同伴之一化装成巡警干的。”

琼斯瞪大眼睛。“我不明白。”

“这是个相当复杂的故事。陪我吃早餐好吗？我饿坏了。”

喝咖啡的时候，阿贝尔开始叙述过去三十六小时所发生的事。

琼斯听得目瞪口呆。他放下自己的咖啡杯，虽然只喝了一半，却再也没有拿起来：“就算他们偏偏选上那艘太空船偷渡，他们仍然可能没被发现。如果在它着陆时，你派些人去接应……”

“唉，你自己明明知道，现代太空船一律能侦测出超额的人体热量。”

“可能会被忽略。仪器或许万无一失，但人可不一样。”

“一厢情愿的想法。听我说，在那艘太空船航向萨克的同时，根据数份极可靠的报告，发孚大亨正和五大大亨其他几位在开会。这些洲际会议通常极少召开，相隔得像银河间的恒星那么遥远。这是巧合吗？”

“为讨论一名太空分析员而召开洲际会议？”

“没错，这个题目本身并不重要，可是我们使它身价百倍。分析局以锲而不舍的态度，花了将近一年的时间寻找他。”

“不是分析局，”琼斯坚持道，“是我自己，我一直以几乎非正式的方式进行。”

“那些大亨不知道这一点，即使你告诉他们，他们也不会相信。此外，川陀也表示了兴趣。”

“在我的要求之下。”

“他们同样不了解这一点，而且不会相信。”

琼斯站了起来，他的椅子立刻自动从餐桌前移开。他将双手紧握在背后，在地毯上大步踱步。他走来走去，走来走去，不时以严厉的目光瞥向阿贝尔。

阿贝尔面无表情，开始喝他的第二杯咖啡。

琼斯说：“你是怎么知道这一切的？”

“一切什么？”

“每一件事。那名太空分析员何时与如何偷渡；那位镇长以什么方式逃脱追捕。你的目的难道是要欺骗我吗？”

“亲爱的琼斯博士。”

“你已经承认，除了帮助我之外，你还派另一批手下注意那名太空分析员的下落。昨天晚上，你设法让我安全地置身事外，不容有任何闪失。”琼斯突然想到那一阵催眠气。

“我花了一个晚上，博士，不断和我的一些情报员联络。我所做的和我所获悉的，我们可以说，都是属于机密事件。你必须置身事外，但要安全无虑。我刚才告诉你的，都是我的情报员昨晚告诉我的。”

“想要获悉那些事，你需要有间谍在萨克政府里工作。”

“嗯，自然如此。”

琼斯猛然转向大使：“唉，得了吧。”

“你觉得惊讶？说实在话，萨克政府的稳定，以及萨克人民的忠诚，在银河都是有口皆碑。理由相当简单，因为即使最穷的萨克人，和弗罗伦纳人比较之下也是贵族，而且可以自认是统治阶级的一员，不论这种想法多么牵强。

“不过，你想想看，萨克并非如银河大多数人想象中那样，是个由亿万富翁组成的世界。你在萨克上住了一年，一定已经对这点了然于胸。有百分之八十的人口，他们的生活水准和其他世界不相上下，而且不比弗罗伦纳的水准高多少。总是有些萨克人，在吃不饱的情况下，会厌恶那些显然享尽富贵的少数人口，而情愿为我所用。

“数世纪以来，萨克政府只将叛变视为弗罗伦纳的专利，这是他们最大的弱点，他们忘记注意自己的内部。”

琼斯说：“这些微不足道的萨克人，就算他们存在，也无法对你有多大贡献。”

“若是单打独斗，的确没什么用；但对我方更重要的成员而言，将他们统合起来，就会成为有用的工具。甚至在真正的统治阶级中，也有些成员将过去两个世纪的教训铭记在心。他们深信川陀终将统治整个银河，而我相信，这个信念十分正确。他们甚至觉得在他们有生之年，就有可能见到银河的统一，因此宁愿预先倒向赢家这边。”

琼斯做了个鬼脸。“你把星际政治说成一场非常龌龊的游戏。”

“正是如此，可是反对龌龊并不能去除龌龊，而且并非每个层面都是一成不变的龌龊。想想那些理想主义者；想想在萨克政府卧底的那几位，他们效命川陀既不为钱也不是为将来的权力，只是因为他们真心相信，一个统一的银河政府能为人类带来最大的福祉，而唯有川陀才能建立这样的政府。萨克的国家安全部就有个这样的人，是我手下最优秀的一员。此时此刻，他正把那位镇长带到这儿来。”

琼斯说:“你是说他被捕了。”

“被国安部逮捕，没错。但那人既是国安部的人，同时也是我的手下。”一时之间，阿贝尔皱起眉头，变得暴躁起来，“从今以后，他的用处将大不如前。一旦他让那位镇长逃脱，最好的情况是降级处分，最坏的情况是成为阶下囚。唉！”

“你现在打算如何？”

“我没什么概念。首先，我们必须获得那位镇长。我只能确定他会抵达太空航站，之后会发生什么……”阿贝尔耸了耸肩，在他的颧骨上，衰老、焦黄的皮肤像羊皮纸般撑开。

然后他补充道:“五大大亨也在等那位镇长，他们以为他已经在他们手中。在我们其中一方掌握他之前，不会再发生什么事。”

但是这句话没有说对。

严格说来，在银河各个角落，所有外国大使馆都拥有治外法权，范围涵盖大使馆所在地与邻近区域。在一般情况下，这无异于痴心妄想，除非母星的力量足够强大。而实际上，这代表只有川陀能真正维持其使节的独立自主。

川陀大使馆占地将近一平方英里，在这个范围内，随时都有穿着川陀制服、佩戴川陀徽章的武装人员四处巡逻。除非受到邀请，任何萨克人不得进入；带武器的萨克人则一律不准入内。老实说，在一支萨克装甲兵团的全力进攻下，馆内的人员与武器顶多只能抵抗两三小时，可是在这支小小的军队后面，藏有百万世界的正规军随时能发动的报复力量。

因此它从未受到侵犯。

它甚至能与川陀保持直接的实质联系，无须借用萨克的航站进出。“行星太空”与“自由太空”的交界是与地表距离一百英里的球面，一艘川陀的母舰始终徘徊在边界外不远处。母舰上载着许多小型回旋飞船，它们备有推进叶片，可用最少的动力在大气内飞翔。这些回旋飞船随时能出现在萨克上空，再对准使馆内的小型航站俯冲（一半顺势而下，一半靠动力驱动）。

然而，如今出现在使馆航站上空的回旋飞船，既不是川陀的飞行器，也没有列在时间表上。馆内的小型军队立即毫不留情地展开备战，一尊针炮将喇叭状的炮口对准天空，力场屏幕也升了起来。

无线电讯急速往返，顽强的警告乘着脉冲向上传递，惶急的回答则顺波而下。

卡姆朗中尉从仪表板上回过头来。“我不明白。他声称如果我们不让他降落，在两分钟内就会被射下天空。他声称请求政治庇护。”

伊利奥队长刚走进来，他说：“当然。然后萨克就会宣称我们干涉内政，而如果川陀决定让事件扩大，你我就成了牺牲品。他到底是谁？”

“不肯讲。”中尉相当愤怒地答道，“说他必须和大使通话。请你告诉我该怎么做，队长。”

短波接收机匆匆响起，一个近乎歇斯底里的声音说：“有人在吗？我马上就要降落，就是这样。真的！我告诉你们，我不能再多等一刻。”通话在一阵吱吱声中结束。

那队长说：“太空啊，我认得那个声音。让他下来！我负全责！”

命令送了出去。那艘回旋飞船垂直下降，比正常的最大速度更快，那是驾驶员既不熟练又惊慌失措的结果。

针炮始终瞄准着目标。

队长与阿贝尔取得直接联络，大使馆立刻进入全面紧急状态。那艘回旋飞船降落后不到十分钟，一队萨克飞船就来到大使馆上空，虎视眈眈地盘旋了两小时才终于离去。

此时他们正在共进晚餐，包括阿贝尔、琼斯与那位不速之客。在这种情况下，阿贝尔仍表现出令人敬佩的泰然，扮演一位毫无好奇心的主人。几小时以来，他一直未曾问起，五大大亨之一为何也需要政治庇护。

琼斯的耐性差得多，他压低声音对阿贝尔说：“太空啊！你准备拿他怎么办？”

阿贝尔回敬他一个微笑。“什么也不做，至少得等我确定自己是否已掌握那位镇长。在我将筹码丢到桌上之前，我先要知道拿的是怎样一副牌。而且既然是他来找我，等待将使他比我们更沉不住气。”

他说得没错。那位大亨两度准备打开话匣子，阿贝尔每次只是说：“亲爱的大亨！空着肚子谈论严肃的题目当然不会愉快。”他文雅地微微一笑，并命令手下准备晚餐。

喝饭后酒的时候，那位大亨又试了一次。他说：“你会想知道我为何要离开斯汀大陆。”

“我无法想象任何理由，”阿贝尔承认，“会让斯汀大亨成了萨克飞船的猎物。”

斯汀谨慎地望着他们。他心中正在盘算，细小的身子与瘦削、苍白的脸孔都随之绷紧。他的长发仔细扎成许多束，用好些小型发夹夹起来，每当他转头的时候，那些发夹就会互相摩擦，发出沙沙的声音，仿佛要人注意他对萨克目前流行的发型不屑一顾。此外，他的皮肤与衣裳都散发出淡淡的香气。

阿贝尔并未忽略琼斯稍微收紧的嘴唇，以及这位太空分析员轻抚自己蓬乱短发的快速动作。他心想，假使斯汀以更典型的面貌出现，脸颊搽上胭脂，指甲涂成铜色，不知道琼斯的反应会多么有趣。

斯汀说:“今天召开了一次洲际会议。”

“真的吗?”阿贝尔说。

阿贝尔仔细聆听那场会议的经过,表情未曾显露丝毫变化。

“我们本有二十四小时,”斯汀愤慨地说,“现在剩下十六小时了。真的!”

“而你就是X,”在斯汀讲述的时候,琼斯变得越来越坐立不安,现在终于喊出来,“你就是X。你会来这里,是因为他抓到了你。嗯,这样也好。阿贝尔,他可以证明那名太空分析员的身份,我们能利用他迫使对方交出那个人。”

在琼斯雄厚的男中音掩盖下,斯汀细弱的声音让人难以听得清楚。

“真是的,我说,真是的,你疯了。停止!让我说话,我告诉你……尊贵的阁下,我记不得这人的名字。”

“沙姆林·琼斯博士,大亨。”

“好吧,沙姆林·琼斯博士。我这辈子从没见过那个人,不管他是白痴或太空分析员或其他任何东西。真的!我从来没听过这么荒唐的事。我当然不是X,真的!如果你能不用那个愚蠢的字眼,我会很感激你。想想看,怎么会有人相信发孚的三流荒诞剧!真是的!”

琼斯坚持自己的想法。“那你为什么要逃跑?”

“萨克啊,这不是很明显吗?哦,我会窒息,真的!听我说,你看不出发孚在做什么吗?”

阿贝尔轻声打岔道:“如果你要解释,大亨,没有人会打断你的话。”

“嗯,至少我谢谢你。”他带着尊严受损的神态,继续说,“其他人不把我放在眼里,因为我看不出把时间浪费在文件、统计图表，以及所有那些无聊的细节上有什么意义。可是，真的，我倒想知道，五大大亨如果不能做真正的大亨，又要国务院做什么用？

“话说回来，虽然我好逸恶劳，你该知道，并不表示我是个傻子。真的！也许其他人都瞎了，但我看得出来，发孚对那个太空分析员其实毫不关心。我甚至认为他根本不存在；发孚只是一年前想到这个主意，从那时候开始，他就一直在策划这件事。

“他把我们当傻瓜和白痴耍。真的！而其他人正是那样，令人作呕的傻瓜！什么白痴和太空分析那些百分之百荒唐的事，全都是他一手安排的。那个据说杀了十几个巡警的当地人，假使只是发孚的特务戴着红色假发冒充的，我也绝对不会惊讶。而如果他是真正的当地人，我想就是发孚花钱雇他干的。

“我不会认为发孚做不出这种事，真的！他会利用当地人对付自己的同胞，他就是那种人。

“总之，显然他只是利用这件事作借口，想要毁掉我们几个，使他自己成为萨克的独裁者。你们不认为这很明显吗？

“根本没有什么X，到了明天，除非有人阻止他，否则他会利用次乙太将一切阴谋散布开来，并宣布进入紧急状况，然后他就会自立为领袖。在我们萨克上，已经五百年没有领袖了，但这点不会阻止发孚。他会毫不犹豫地葬送这个制度，真的！

“只有我意图阻止他，这就是我必须离去的原因。假使我仍待在斯汀大陆，我注定会遭到软禁。

“今天会议结束后，我马上查了查我的私人航站，结果你可知道，竟然已被他的人接管。这明明是不把各洲自治当一回事，这是无赖的行为。真的！可是他虽然阴险，却不怎么聪明。他以为我们有人或许会试图离开这颗行星，因此派人监视各个太空航站。然而——”说到这里，他露出狡猾的笑容，并发出微弱的吃吃笑声，

“他没想到监视回旋飞船航站。

“或许他以为，在这颗行星上，我们逃到哪里都不会安全。但我想到了川陀大使馆，这就比其他人高明。他们真令我厌烦，尤其是玻特。你认识玻特吗？他粗野得可怕，实际上可以说是肮脏。他总是对我冷嘲热讽，好像保持清洁、散发香气有什么不对似的。”

他将指尖放在鼻端，轻轻吸了一下。

当琼斯在座位上不安地挪动时，阿贝尔将一只手轻放在他的手腕上：“你把一家人都抛下了，有没有想过发孚仍能拿着武器威胁你？”阿贝尔说。

“我无法把所有的美人儿都送进我的回旋机，”他稍微涨红了脸，“发孚不敢碰她们。何况，我明天就会回到斯汀大陆。”

“怎么回去？”阿贝尔问。

斯汀万分惊讶地望着他，两片薄唇张了开来：“我是在提出同盟的提议，尊贵的阁下。你不能假装川陀对萨克毫无兴趣；你当然会告诉发孚，任何想要改变萨克体制的企图，都必将导致川陀的介入。”

“我简直看不出如何能做到这点，即使我觉得我的政府会支持我。”阿贝尔说。

“怎么会做不到这点？”斯汀愤慨地问道，“假如他控制了整个的蓟芾贸易，他会提高价格，要求租借地以加速货运，还会提出其他各种要求。”

“价格不是由你们五人控制吗？”

斯汀猛然靠向椅背：“唉，真是的！我可不知道每一项细节。下一步你就会问我数据，天啊，你和玻特一样坏。”他随即恢复正常，吃吃笑了笑。“当然，我只是在逗你。我的意思是，没有发孚从中作梗，川陀就可能和我们其他人达成协议。为了回报你们的帮助，我们会让川陀获得特惠的待遇，甚至贸易中的小小利润。”

“我们又要如何避免让这种干涉发展成银河级战争？”

“哦，真是的，你看不出来吗？那简直和光天化日一样明白。你们不是侵略者，你们只是在预防萨克发生内战，以免蓟荋贸易中断。我会宣称是我向你们求助的，那简直和侵略天差地远，整个银河都会站在你们这一边。当然，如果川陀事后因此获利，哈，别人根本就管不着。真的！”

阿贝尔将瘦骨嶙峋的手指放在一起，仔细审视了一番：“我无法相信你真心加入川陀的阵营。”

在斯汀微带笑容的脸上，迅速掠过一个恨意十足的表情。他说：“宁要川陀不要发孚。”

阿贝尔说：“我不喜欢以动武作威胁，我们不能等一等，让事态再发展一点……”

“不，不。”斯汀叫道，“一天都不能等。真的！现在，就是现在，如果你们不强硬，那就太迟了。一旦过了期限，他将骑虎难下，再要收手会把老脸丢尽。如果你们现在帮我，斯汀大陆的人民都会支持，五大大亨其他三位也会加入我的行列。即使你只等一天，发孚的宣传工厂也会开始运转，我会被抹黑成变节者。真的！我！我呀！一个变节者！他会利用他能煽动的一切反川陀的偏见，你可知道，我无意冒犯，但那种成见可大着哪。”

“假如我们要求他，让我们见一见那名太空分析员，有没有这个可能？”

“那样做有什么好处？他会玩弄两手策略。他会告诉我们那个弗罗伦纳白痴是个太空分析员，但也会告诉你那个太空分析员是个弗罗伦纳白痴。你不了解这个人，他太厉害了！”

阿贝尔一面思量这一点，一面低声哼着歌，手指还轻轻打着拍子。然后他说：“你可知道，我们得到了那位镇长。”

“什么镇长？”

“杀了数名巡警和一名萨克人的那位。”

“哦！真是的！发孚眼看就要接收整个萨克，你以为他会关心那件事吗？”

“我认为他会。重点并非那位镇长在我们手中，而是他被捕时的经过，你懂了吧。我想，大亨，发孚会听我的话，而且会表现得非常谦逊。”

琼斯认识阿贝尔那么久，头一回觉得这位老者声音中的沉着冷静减少了些，取而代之的是心满意足，几乎可说是胜利的喜悦。

第十五章
俘虏

对莎米雅·发乎这位贵妇而言，感到挫折不是十分寻常的事。如今她的挫折感持续了好几小时，这简直史无前例，甚至令人无法想象。

这座太空航站的指挥官还是瑞斯提船长。他表现得非常客气，几乎有点谄媚；他露出凝重的表情，一面表示他的遗憾，一面否认有任何反对她的意思。但是对她明白提出的期望，他则一丝一毫也不通融。

最后，她被迫撤回她的期望，改以普通萨克人的身份要求她的权利。她说："我想身为一位公民，只要我有这个意愿，就有权迎接任何一艘船舰。"

她其实很讨厌这么说。

指挥官清了清喉咙，皱脸上的痛苦表情似乎变得更清楚、更明显。最后他终于说："事实上，大小姐，我们绝没有不准您进来的意思。只不过我们接到大亨，也就是令尊的特殊命令，禁止您迎接那艘太空船。"

莎米雅以冰冷的口吻说："那么，你是在命令我离开这座航站？"

"不，大小姐。"指挥官十分乐意妥协，"我们并未奉命将您拒于航站之外，如果您希望留在这里，您大可这样做。可是，启禀大小姐，您不能再向那些着陆眼接近一点，否则我们必须阻止您。"

说完他就走了，留下莎米雅坐在华而不实的私家地面车中。那辆车停在航站里面，距离最外围入口只有一百英尺。他们原本就在等待她、监视她，多半还会继续监视下去。只要她再向前推进一个轮距，她忿忿地想，他们或许就会将她的传动装置切断。

她咬牙切齿。父亲这样做实在不公平；这是他们对待她的一贯方式，总是把她当成什么都不懂的小孩。然而她当初却以为他已经懂了。

他走下座椅迎接她，自从母亲过世后，已没有其他人能获得这种礼遇。他紧紧拥抱她，让她几乎喘不过气，而且还为她暂停一切工作。他甚至把秘书赶到别的房间，因为他知道当地人僵硬、苍白的面容会引起她的反感。

几乎像是回到了旧日时光，当时祖父仍然健在，父亲尚未成为五大大亨之一。

他说："米雅，孩子，我一小时一小时算着时间，我从不知道弗罗伦纳离这儿那么远。当我听到那些当地人躲在你的太空船上——就是我为了确保你的安全，特别派去接你的那一艘，那时我几乎要发狂了。"

"爸爸！根本没什么好担心的。"

"没有吗？我险些派出整个舰队到半途接你，再以全面备战的警戒把你带回来。"

说到这里，父女两人笑成一团。好几分钟后，莎米雅才能把话题转回她满脑子在想的那件事。

她以不经意的口吻说：“您要怎么处置那两个偷渡者，爸爸？”

“你为什么想知道，米雅？”

“您不会认为他们计划要行刺您，或是诸如此类的事吧？”

发孚微微一笑。“你不该有这种令人毛骨悚然的想法。”

“您不会这么认为，对不对？”她坚持问道。

“当然不会。”

“太好了！因为我和他们谈过，爸爸。我就是不相信，他们如果不是两个可怜而无辜的人，还能是什么。我不管瑞斯提船长怎么说。”

“这两个‘可怜而无辜的人’触犯了好多条法律，米雅。”

“您不能把他们当成普通的罪犯，爸爸。”她的声音在惊慌中逐渐升高。

“那该怎么办？”

“那个男的不是当地人，他来自一颗叫做地球的行星。他曾受过心灵改造，他不该对那些事负责。”

“好吧，亲爱的，国安部会了解这一点，你该把这件事交给他们处理。”

“不，这件事太重要，不能交给他们了事。他们搞不懂，除了我以外，谁都搞不懂！”

“整个世界上只有你，米雅？”他以溺爱的口气问道，同时伸出一根指头轻抚一束垂到她额头的卷发。

莎米雅中气十足地说：“只有我！只有我！其他人都会认为他是疯子，但我确定他不是。他说弗罗伦纳和整个银河有个很大的危机；他是个太空分析员，您知道他们专精宇宙学，他会知道这种事！”

“你怎么晓得他是个太空分析员，米雅？”

“他这么说的。”

“那个危机的详细情形如何？”

“他也不知道。他受过心灵改造，难道您看不出来，那就是最佳的证据吗？他知道得太多，有人却希望一切保密。”她的声音本能地压低，变得沙哑而神秘兮兮。她按捺住回头望一望的冲动，又说：“如果他的理论是假的，难道您看不出来，就根本不需要用心灵改造器对付他。”

“他们为什么不杀掉他，假如真是这样的话？”发孚立刻后悔提出这个问题，捉弄这个女孩根本没意义。

莎米雅想了一下，没想出任何结果。然后她说：“如果您命令国安部让我跟他谈，我就会查出来。他信任我，我知道他信任我。我能比国安部问出更多内情，请告诉国安部让我见他，爸爸，这事非常重要。”

发孚轻轻捏着她握紧的拳头，对她微微一笑。“现在不行，米雅，现在不行。几小时之后，第三个人就会落到我们手中。那个时候，也许可以。”

“第三个人？犯下所有凶杀案的那个当地人？”

“正是他。再过一小时左右，载着他的太空船就会着陆。”

“在此之前，您不会对那个当地女子和那个太空分析员怎样吧？”

“绝对不会。”

“太好了！我去迎接那艘太空船。”她站了起来。

“你要去哪里，米雅？”

“到航站去，父亲，我有好多话要问另外那个当地人。”她笑了几声，“我会向您证明，您的女儿可以是个相当不错的侦探。”

可是发孚并未回应她的笑声，他说：“我希望你别去。”

“为什么？”

“这个人抵达的时候，航站不可以有任何不寻常，这点极为重要。你在那里会太显眼了。”

“这是什么道理？”

“我不能对你解释国家大事，米雅。”

“国家大事，呸。”她向他倚过去，在他的额头正中很快啄了一下，然后掉头就走。

如今她在航站内，一筹莫展地坐在车里。而在天空中，出现了一个越来越大的斑点，在接近黄昏的阳光下，它看来是黑色的一团。

她按下开启车内用品隔间的按钮，掏出她的观赛眼镜。这种眼镜的普通用途，是追望参加平流层球赛的单人高速飞车所做的回转动作，不过也能用在更严肃的场合。她戴起这副眼镜，坠落的黑点就变成一艘具体而微的太空船，连船尾冒出的红光都看得清清楚楚。

当太空船内的人离去时，她至少看得见他们，可借着视觉尽可能收集有用的情报。事后总有办法，总有办法，再来安排一次会晤。

萨克占满了显像板，包括一块大陆与半个海洋。由于下方有些棉絮般死寂的白云，画面并不十分清晰。

坚若说：“太空航站不会有重重警卫，这也是因为我的建议。我说这艘太空船抵达时，若有任何不寻常的准备，就可能使川陀警觉到发生了什么事。我还说这次行动的成功，全靠川陀从头到尾都蒙在鼓里，直到一切变作既成事实。好啦，别管这些。”他的语气稍有不稳，显示他大部分的心思都放在面前的控制台上。

泰伦斯绷着脸耸了耸肩。“有什么差别？”

“太多了，对你而言。我将使用最靠近东门的着陆眼，一旦着陆后，你立刻从后面的安全门出去，然后快步走向那个大门，但也别走得太快。我这里有些证件，或许可以让你通行无阻，也或许不行。如果发生任何问题，你得自行采取必要的行动。根据过去的记录，我判断这点我能信任你。有辆车等在大门外，会把你载到大使馆去，就是这样。”

“你怎么办？”

萨克从一个毫无特征，只是闪耀着褐色、绿色、蓝色与云白色的巨大圆球，逐渐转变成了比较有生气的地表，上面有蜿蜒的河流与皱褶的山脉。

坚若露出沉稳而冰冷的笑容。“你担心的事可由你自己解决。当他们发现你跑掉时，也许会把我当成叛徒射杀；可是如果发现我完全无能为力，根本无法以行动阻止你，他们也许只会把我当成笨蛋降级了事。我想，后者是比较好的结果。所以我拜托你，在你离开之前，给我一记神经鞭。”

镇长说：“你知道挨神经鞭是什么滋味吗？”

“相当了解。”他两侧太阳穴冒出许多细小的汗珠。

“你怎么知道我不会趁机杀了你？我是杀害大亨的凶手，你知道的。”

“我知道，可是杀掉我对你没有帮助，只会浪费你的时间。这点风险对我而言是家常便饭。”

在显像板上，萨克的表面正逐渐扩大，边缘冲出了显像板的范围；而中心处继续越变越大，新的边缘再度冲出画面。某座城市中，一个类似彩虹的结构已清晰可见。

“我希望，”坚若说，“你没打算单枪匹马闯出去，萨克不是那种地方。等着你的不是川陀就是大亨，记住了。”

现在，画面上明显是一座城市。近郊一块绿褐相间的区域渐渐扩展，变成一座太空航站。在他们看来，它正以缓慢的节奏向上飘浮。

坚若说：“如果一小时内川陀没接到你，那么在今天结束之前，你将落入那些大亨的手中。我不能保证川陀会给你什么待遇，但我可以保证萨克会怎样对付你。”

泰伦斯曾在国务院待过，他知道萨克会怎样对付杀害大亨的凶手。

航站的画面稳稳映在显像板上，但坚若再也不望一眼。他转而操作飞行仪器，让脉动束指向下方。太空船在一英里高的空中慢慢转身，最后变成尾部朝下。

在距离着陆眼一百码的上空，发动机发出隆隆巨响。坐在液压弹簧上，泰伦斯能感到它们正在打颤，遂开始觉得头晕眼花。

坚若说：“拿起神经鞭，赶快行动，每一秒钟都很重要。紧急闸门会在你离去后关上；他们会花五分钟纳闷我为何不开主闸门，再花五分钟硬闯进来，然后还要五分钟才能找到你。你有十五分钟的时间走出大门，坐上那辆车子。”

震颤陡然停止，在凝重的静寂中，泰伦斯知道他们已经登陆萨克。

控制改由转向反磁磁场接管，游艇庄严地倾身向下，侧面缓缓贴向地表。

坚若说：“动手！”汗水湿透了他的制服。

泰伦斯仍旧头昏脑涨，双眼几乎无法聚焦，但他还是举起神经鞭……

泰伦斯感到了萨克秋季的寒意。他曾在这种恶劣的秋冬待了许多年，直到几乎忘记弗罗伦纳上四季如夏的气候。此时，国务院那些日子瞬间涌回脑海，仿佛他从未离开这个大亨世界。

只不过现在他成了亡命之徒，身上背着罪大恶极的罪状——谋杀一名大亨。

他随着心跳的节奏迈开步伐。那艘太空船在他身后，闸门于他离去后已轻轻关上；坚若仍在太空船内，在剧痛中动弹不得。他走在一条宽广的柏油路上，周围有许多劳工与机工，每位都有自己的工作与自己的问题。他们不会停下来盯着某人的脸，他们没有理由那样做。

有没有任何人确实看到他走出太空船?

他告诉自己答案是否定的，否则现在早已传来追捕的喧嚣。

他摸了摸自己的帽子，它仍拉到遮住耳朵的程度。现在帽子上多出一枚圆形小徽章，摸起来相当光滑。坚若说它是个辨识标志，那些为川陀工作的人，只会注意这枚在阳光下闪闪发光的徽章。

他可以摘掉它，自己找路溜走，设法寻找另一艘太空船——总有办法的；设法离开萨克——总有办法的；设法逃脱追捕——总有办法的。

太多的“总有办法”！在他心中，他明白自己已走到终点，正如坚若所说的，不是川陀就是萨克。他痛恨且畏惧川陀，但他知道不论如何选择，都不可能也不可以选择萨克。

“你！就是你！”

泰伦斯僵住了，惊骇之余缓缓抬起头来。大门还在一百英尺外，假如他拔腿就跑……但他们不会让一个狂奔的人通过。那是他不敢做的事，他一定不能跑。

叫他的年轻女子坐在一辆车里，正从打开的车窗向外望。泰伦斯虽然在萨克待过十五年，却从没见过那样的车辆，它同时闪耀着金属与半透明珠宝的光泽。

她说：“过来这里。”

泰伦斯的双腿将他慢慢带向那辆车。坚若曾说川陀派来的车子会等在航站外，他真这样说过吗？他们会派一名女子执行这种任务吗？事实上，她只是个女孩，一位肤色颇深、容貌美丽的女孩。

她说：“你是搭那艘刚着陆的太空船来的，对不对？”

他没有回答。

她变得不耐烦：“别装了，我看到你离开那艘太空船！”她拍了拍那副观赛眼镜，他认得那是什么东西。

泰伦斯喃喃答道：“是的，是的。”

“那么上车吧。”

她为他打开车门。车内的装潢甚至比外表更豪华，座位非常柔软，散发着香气与新车特有的味道，而且那女孩十分美丽。

她说：“你是那艘太空船的组员吗？”

她在试探他，泰伦斯猜想。他说：“你知道我是谁。”他举起手来，指了指那枚徽章。

没有听见任何驱动的声音，那辆车就开始倒车与转向。

到了大门口，泰伦斯蜷缩在椅背上，紧贴着柔软冰凉的蓟茼椅套。但他根本没有必要这么小心，女孩以蛮横的口吻说了一句，他们就顺利通过。

她说的是：“这人跟我一起，我是莎米雅·发孚。”

疲惫的泰伦斯花了几秒钟，才听见并听懂这句话。当他狼狈地从座位上探出头来，车子正以时速一百英里奔驰在快速车道上。

在航站内一座建筑外，一名工人抬起头来，对着他的翻领喃喃说了几句，然后便走进那座建筑，回到他的工作岗位。他的监工皱了皱眉头，暗自决定要在上司面前告他一状，说他每次出去抽烟都会逗留半小时之久。

停在航站外的一辆车里坐着两个人，其中一人困惑不解地说：

“跟一个女孩上了车？什么车？什么女孩？”尽管他穿着萨克服装，他的口音却明明属于川陀帝国的大角众世界。

他的同伴是个萨克人，对各类新闻都如数家珍。当那辆车通过大门、在加速中开始转弯、冲上快速车道的时候，他几乎从座位上站起来，大叫道：“那是莎米雅贵妇的车子，绝对没有第二辆。银河啊，我们该怎么办？”

“跟上去。”另外那人简短有力地说。

“可是莎米雅贵妇……”

“她对我没有任何意义，对你也不该有任何意义。否则你在这里干什么？”

他们的车子也转了个弯，爬上宽广而几乎空旷的车道，上面只准许最快速的地面车行驶。

那萨克人咕哝道：“我们无法追上那辆车。一旦她发现我们，她就会踢开阻速挡，那辆车能开到时速二百五十。”

“她目前保持时速一百。”那大角人应道。

过了一会儿，他说：“她不是要去国安部，这点可以确定。”

又过了一会儿，他又说：“她也不是要去发孚宫。”

再过了一会儿，他再说：“如果我知道她要去哪里，我会被射到太空里打转，她马上又要开出城去。”

那萨克人说：“我们怎么知道杀害大亨的凶手真在里面？我猜这是个调虎离山之计。她并未试图摆脱我们，而她若是不想被人跟踪，就不会用这样一辆车，你在两英里外都不会跟丢。”

“我知道，可是发孚不会派他的女儿引开我们，一队巡警能做得更好。”

“也许贵妇其实不在里面。”

“我们会查出来，老兄。她正在慢下来。加速超过她，停在一条弯路上！”

“我要跟你谈谈。”那女孩说。

泰伦斯判定这不是他最初想象的那种常见的陷阱。她的确是发乎贵妇，她一定就是，她似乎未曾想到有任何人可以或可能妨碍她。

她从未向后望一眼，看看是否被人跟踪。他们在转弯时，他前后三次注意到同一辆车跟在后面，与他们保持固定的距离，既不靠近，也不落后。

那肯定不是一辆普通的车。它可能是川陀派来的，如此甚好；它也可能属于萨克政府，果真如此的话，这位贵妇就是上好的人质。

他说:“请开始吧。”

她说:“你搭的那艘太空船，就是把那个当地人从弗罗伦纳带来的那艘吗？那个犯下所有凶案的通缉犯？”

“我说过没错。”

“很好。我把你带到这里，是为了避免受到任何打扰。在前来萨克的途中，那个当地人接受过审讯吗？”

泰伦斯想，这般天真不可能是装出来的；她的确不知道自己是什么人。他谨慎地答道:“有的。”

“审讯时你在场吗？”

“是的。”

“很好，我就知道。对了，你为什么离开那艘太空船？”

这一点，泰伦斯想，其实该是她提出的第一个问题。

他说:“我是要送一份特别报告给……”他故意犹豫了一下。

她迫不及待地帮他接下去。“给我父亲？别担心这件事，我会好好保护你，我会说是我命令你跟我走的。”

他说:“这样就好，大小姐。”

“大小姐”这几个字撞击着他的意识深处。她是一名贵妇，是世上最尊贵的女子，而他只是个弗罗伦纳人。一个能够杀害巡警的人，很容易学会如何杀害大亨；同理，一个杀害大亨的凶手，可以毫无顾忌地面对一位贵妇。

他望着她，目光严厉而尖锐。接着他又把头抬高俯视着她。

她非常美丽。

由于身为世上最尊贵的贵妇，她并未察觉他凌厉的目光。她说：“我要你把审讯的内容一五一十告诉我，我要知道那个当地人告诉你的一切，这点非常重要。”

“我能否请问您为何对那个当地人有兴趣，大小姐？”

“不可以。”她断然答道。

“遵命，大小姐。”

他不知道自己要说些什么。他一半的意识在等待那辆跟踪的车子追上来，另一半则越来越注意身旁这位美丽女子的脸蛋与身躯。

在国务院工作以及身为镇长的弗罗伦纳人，理论上而言，每一位都是独身。实际上，在可能的情况下，大多数人都会规避这条禁令。而在他的胆量范围内，以及条件许可时，泰伦斯也做过这方面的尝试。然而，那些经验从来未曾令他满足。

基于上述理由，此时此刻意义尤其重大。过去他从未在如此隔绝的情况下，在如此豪华的车辆中，与一位美丽的女子如此接近。

她正在等他开口，一双黑眼睛（如此美丽的黑眼睛）闪烁着浓厚的好奇，丰满红润的双唇因期待而微微张开，蓟苪衣裳将她的身形衬托得更加美丽。她完全没有意识到任何人——任何人——可能胆敢对发孚贵妇心存歹念。

他等待跟踪者的那一半意识逐渐淡去。

他突然了解到，杀害一名大亨根本不算罪大恶极。

他不太清楚自己已经采取行动，只知道自己的双臂抱住了她娇小的身躯，只知道她全身僵硬，刚喊出半声，他就用嘴唇将她的叫声封住……

他感到一双手搭上他的肩膀，车门被打开，寒冷的空气吹到他的背上。他摸索身上的武器，不过太迟了，到手的武器立刻被扯脱。

莎米雅发出无言的喘息。

那萨克人以憎恶的口气说：“你看到他的手段了？”

那大角人说：“别管了！”

他将一个小型黑色物件放进口袋，再用手将袋缝压合。“带他走。”他说。

那萨克人化悲愤为力量，用力将泰伦斯拉出车来。“而她竟然让他那样做，”他喃喃道，“她竟然让他那样做。”

“你是什么人？”莎米雅突然有力地叫道，“是我父亲派你来的吗？”

那大角人说：“别问任何问题，拜托。”

“你是个外国人。”莎米雅气呼呼地说。

那萨克人说：“奉萨克之名，我该把他的脑袋打进脖子里。”他竖起拳头。

“住手！”那大角人一面说，一面抓住那萨克人的手腕，硬把他的拳头拉开。

那萨克人沉着脸咆哮道：“凡事都有限度。我可以接受杀害大亨的行为，我甚至自己也想杀几个，但是站在一旁，眼睁睁看着一个当地人做那种事，却超过了我能忍受的极限。”

莎米雅以不自然的尖锐声调说：“当地人？”

那萨克人弯下腰来，不怀好意地扯掉泰伦斯的帽子。镇长脸色发青，却一动也没动。他仍以坚定的目光望着那个女孩，微风将他沙色的头发微微吹动。

莎米雅无助地向后退，尽可能退到车座另一端。然后，她迅速用双手掩住脸庞，在十指的压力下，她的肌肤开始泛白。

那萨克人说："我们要拿她怎么办？"

"什么也不做。"

"她看到我们了。我们还没走出一英里，她就会叫整个行星捉拿我们。"

"你准备杀掉发孚贵妇吗？"那大角人以讽刺的口吻问。

"这个嘛，不是啦。但我们可以弄坏她的车，等她找到无线电话的时候，我们已经远走高飞。"

"没有这个必要，"那大角人弯下腰，上半身凑进车里，"大小姐，我的时间不多。您能听我几句话吗？"

她一动不动。

那大角人说："你最好给我听着。很抱歉在这么温柔的时刻打扰你，但幸好我善用了这一刻。我当机立断，用三维照相机录下了这场戏。不是吓唬你，我离开这儿几分钟后，就会把底片送到安全的地方。今后，你要是妨碍到我们，我只好对你不客气，我确信你了解我的意思。"

他转过身来。"今天的事她一个字也不会说，一个字也不会。跟我来吧，镇长。"

泰伦斯跟他们走了，他无法回头望向车里那张藏在十指后面的苍白脸孔。

不论接下来发生什么事，至少他已经完成一项奇迹。曾有那么片刻，他亲吻了萨克上最高傲的贵妇，浅尝到她柔软、芬芳的双唇。

第十六章
被 告

外交工作拥有自家的一套语言与态度。主权独立国家的代表们，假如严格遵照外交礼节行事，彼此间的关系将流于形式化与僵化。例如“不愉快的结果”变成“战争”的同义词，而“适当的调整”则代表“投降”的意思。

在他能做主的场合，阿贝尔宁愿将外交辞令抛到脑后。当他用密封私人波束与发乎联络时，他好像只是个普通的老者，一面喝酒一面亲切地闲谈。

他说:“你可真难找，发乎。”

发乎微微一笑，他似乎轻松自在而心平气和。“这是忙碌的一天，阿贝尔。”

“是啊，我也听说了一点。”

“斯汀吗？”发乎随口问道。

“一部分来自他，斯汀在我们这里差不多七个小时了。”

“我知道，这也是我自己的错。你在考虑将他交还给我们吗？”

“只怕没有。”

“他是一名罪犯。”

阿贝尔一面咯咯笑，一面转动手中的高脚杯，凝望着缓缓上升的气泡：“我想我们可以设法使他成为政治难民，星际法会保护他在川陀疆域内安然无事。”

“你的政府会支持你吗？”

“我想它会的，发乎。我在外交领域干了三十年，不会不知道川陀支持什么和不支持什么。”

“我能让萨克要求将你召回。”

“那样做有什么好处？我是个爱好和平的人，而且你对我非常熟悉，我的继任者可能是任何人。”

顿了一下之后，发乎那张狮子般的脸皱了起来。“我想你心中有个提议。”

“我的确有，你手中有个我们的人。”

“你们的什么人？”

“一名太空分析员，他原籍地球。顺便提一句，那颗行星是川陀疆域的一部分。”

“斯汀告诉你的？”

“他告诉我的还不止这点。”

“他有没有见过这个地球人？”

“他没说他见过。”

“好，他没见过。在这种情况下，我怀疑你是否能相信他的话。”

阿贝尔放下酒杯，双手放在膝部轻轻交握着。“还是可以，我确定真有这个地球人。我告诉你，发乎，我们应该为这件事碰个面。我手中有斯汀，而你有那个地球人，就某种意义而言，我们势均力敌。在你继续目前各个计划之前，在你的最后通牒期限来临、你的军事政变发动之前，何不就蓟芇的一般情势召开一场会议？”

“我看不出有这个必要。如今萨克上所发生的事，全然是个内部问题。我个人十分愿意保证，此地发生的这些政治事件不会干扰到蓟芇的贸易。我想，这就应该能阻止川陀用这个名义来染指。”

阿贝尔呷着酒，似乎是在动脑筋。然后他说：“我们似乎又有了第二个政治难民，一个奇特的个案。顺便告诉你，他是你们的弗罗伦纳子民；是一位镇长，他自称米尔林·泰伦斯。”

发孚突然眼露凶光。“我们原本就在怀疑。奉萨克之名，阿贝尔，川陀对这颗行星的公开干预该有个限度。你绑架的这个人是一名凶手，你不能把他当成政治难民。”

“好吧，你想要这个人吗？”

“你心中有个交换条件？是吗？”

“我刚才提到的会议。”

“只为一个弗罗伦纳籍凶手，当然办不到。”

“可是这位镇长设法逃到我们这边的方式，却是相当不寻常的。你也许会有兴趣……”

琼斯一面在地板上踱步，一面使劲摇头。夜已经相当深，他很希望能睡一觉，可是他知道，今晚又需要催眠剂才能入睡。

阿贝尔说：“我原本可能必须威胁要动武，正如斯汀所建议的。那样做是下策，风险非常大，而结果不可预期。但在那位镇长抵达之前，我想不到其他办法，除非什么都不做。”

琼斯猛力摇了摇头：“不，必须做点什么，但那样做无异于勒索。”

“技术上而言，我想是的。当初你会要我怎么做？”

“正是你所做的。我不是伪君子，阿贝尔，或者说我试着不做伪君子。当我打算充分利用你的成果时，我不会谴责你的方法。话说回来，那女孩怎么样？”

“只要发乎信守承诺，她就不会受到伤害。”

“我为她感到难过。了解到萨克贵族在弗罗伦纳上的所作所为，我就越来越不喜欢他们，但我仍忍不住为她感到难过。”

“就她个人而言，没错，可是真正的责任在萨克本身。我问你，老朋友，你曾在地面车里亲吻过女孩子吗？”

琼斯的嘴角微微绽出一丝笑容。“有的。”

“我也是，不过我想，我得比你多回忆好些年才能想起来。此时此刻，我最小的孙女大概正在这么做，我不会怀疑的。无论如何，除了表达银河中最自然的情感，地面车中的偷吻还能有什么目的？

“听我说，老友。我们讨论的那个女孩，公认拥有极高的社会地位，由于阴错阳差，她竟然和——让我们这么说——和一名罪犯同处一辆车中。他趁机吻了她，那是由于一时冲动，而且未经她的同意。她该有什么感受？她的父亲又该有什么感受？愤恨？也许吧；懊恼？当然；生气？不悦？羞辱？所有这些反应都有可能。可是丢脸呢？不！因为感到十分丢脸，为了不使此事曝光，而甘愿危及重要的局势？简直荒唐。

“但那正是目前的情形，这种事只可能发生在萨克上。莎米雅贵妇的过错顶多是任性和有点天真。我确定她以前曾被人吻过，假如她再跟某人接吻，假如她跟某人接吻无数次，只要对方不是弗罗伦纳人，就没有人会说半句话。可是她的确吻了一个弗罗伦纳人。

“当初她不知道他是弗罗伦纳人，可是这点并不重要；当初是他强吻她的，这点同样不重要。我们要是把莎米雅贵妇在那个弗罗伦纳人臂弯中的照片公开，将使她和她的父亲以后没法做人。当发乎瞪着那个再生影像时，我看到了他的表情。其实，根本无法确认那位镇长是个弗罗伦纳人，他当时身穿萨克服装，一顶帽子遮住他的头发。他的肤色很淡，可是那算不上什么证据。话说回来，发乎十分了解，许多对丑闻和号外有兴趣的人会乐于相信这个谣言，而那张照片会被视为一项铁证。而且他也知道，他的政敌将尽一切可能利用这个机会。你可以称之为勒索，琼斯，它也许的确是，可是在银河其他任何一颗行星上，这种勒索都不能生效。是他们自己的病态社会系统，为我们制造出这个武器，我这样做心中毫无愧疚。”

琼斯叹了一口气。“最后是如何决定的？”

“我们将于明天中午会面。”

“那么，他的最后通牒押后了？”

“无限期押后，我将亲自到他的办公室去。”

“那是必要的冒险吗？”

“不能算什么冒险，会有许多目击者。而且你找了那么久的那名太空分析员，我也急着要以真身亲自见见他。”

“我会出席吗？”琼斯焦急地问。

“哦，对。还有那位镇长，我们需要他指认那名太空分析员。此外，当然少不了斯汀。你们其他人都将以三维化身出席。”

“谢谢你。”

这位川陀大使忍住一个呵欠，又对琼斯眨了眨水汪汪的眼睛。“现在，如果你不介意，我已经有两天一夜没合眼了。只怕我的老骨头再也不能承受催醒剂，我必须睡一会儿。”

随着三维化身技术日趋完美，重要的会议已经很少面对面召开。以真身出现在老大使面前，令发乎强烈地感到尊严受损。他浅褐色的面容谈不上阴沉下来，但其上的皱纹都蕴含着沉默的怒意。

他必须沉默，他什么也不能说。他只能沉着脸，瞪着这些面对自己的人。

阿贝尔！一个衣衫褴褛的老糊涂，身后却有百万个世界做后盾。

琼斯！一个皮肤黝黑、头发卷曲的搅局者，他用自己的毅力催化了这场危机。

斯汀！这个叛徒！不敢接触他的目光！

那个镇长！望向他是最困难的一件事。他就是用身体玷污自己宝贝女儿的那个当地人，但躲在川陀大使馆的围墙内，他却仍能安然无事。现在若是单独一人，发孚定会咬牙切齿，并且猛敲他的办公桌。他的面部肌肉每一条都不敢动，虽然它们已经悄悄拉到了极限。

假如莎米雅没有……他抛开了那个念头。是他自己的疏忽养成了她的任性，现在他不能因此责怪她。事后，她并未试图辩解或为自己脱罪。她把所有的真相告诉了他，包括她私下想扮演星际间谍的企图，以及结局如何可怕。羞愧且痛不欲生的她如今完全仰赖他的谅解，而他不会令她失望。他不会令她失望，即使那代表他的苦心经营将毁于一旦。

他说："我被迫出席这场会议，看不出有什么好说的，我在这里是要当个听众。"

阿贝尔说："我相信斯汀希望首先发言。"

发孚以充满轻蔑的目光射向斯汀。

斯汀以呐喊回应，他说："你逼我倒向川陀，发孚。你违反了自治原则，你不能指望我乖乖就范。真的！"

发孚保持沉默，阿贝尔说："言归正传，斯汀。你曾说你有话要说，说啊。"他的口气也多少带点轻蔑的成分。

斯汀原本苍白的面颊，此时未涂胭脂也红起来。"我会的，现在就说。当然，我不像发孚大亨那样自称是侦探，可是我能思考，真的！而我一直都在思考。发孚昨天讲了一个故事，全是有关一个他称之为X的神秘叛徒。我看得出那只是一大堆借口，目的是让他能宣布进入紧急状况，我一分钟也没被唬到。”

“没有X吗？”发孚心平气和地问，“那你为什么要逃跑？没有其他指控值得一个人逃跑。”

“是吗？真的？”斯汀叫道，“嗯，即使放火的不是我自己，我也会从一座失火的建筑中跑出来。”

“说下去，斯汀。”阿贝尔说。

斯汀舔了舔嘴唇，又对自己的指甲仔细审视一番。然后他一面轻抚着指甲，一面说：“但我随后想到，他为什么要编造那样一个故事，所有复杂的情节都巨细靡遗？那不是他的行事方法，真的！那不是发孚的行事方法。我了解他，我们都了解他，他根本没有想象力。尊贵的阁下，他是个可憎的人！几乎和玻特一样坏。”

发孚脸色大变。“他在论述什么吗，阿贝尔？还是在胡言乱语？”

“说下去，斯汀。”阿贝尔说。

“我会的，只要你还让我说。我的天啊！你到底站在哪一边？后来我对自己说——那是在晚餐后——我说，像发孚这样的一个人，为什么会编造像那样的一个故事？答案只有一个，他编不出来，他的脑袋没这个本事。所以那是真的，一定是真的。当然啦，确有几名巡警被杀，不过发孚颇有办法安排那种事。”

发孚耸了耸肩。

斯汀继续进逼：“问题是X是谁？不是我，真的！我知道不是我！而我也会承认，X只能是五大大亨之一。但无论如何，五大大亨中哪位对这件事知道得最多？一年以来，哪位一直试图利用那个太空分析员的故事，恐吓其他四位接受他所谓的‘一致行动’，也就是我所谓的向发孚独裁政权投降?

“我会告诉你们X是谁，”斯汀猛然站起来，头顶擦到接收范围的边缘，最上面的一英寸立即被削掉。他伸出一根颤抖的手指，继续说:“X就是他，就是发孚大亨。当初那个太空分析员就是他发现的。在我们的第一次会议中，他发觉其他人对他愚蠢的言论都无动于衷，于是让他销声匿迹。而在他完成一场军事政变的准备之后，又把他搬了出来。”

发孚转向阿贝尔，露出厌倦的神情。“他说完了吗?如果说完了，就把他给请走。对任何一位高尚的人而言，他都是个令人无法忍受的侮辱。”

阿贝尔说:“对于他所说的，你有没有任何评论?”

“当然没有，根本不值得评论。这人已经走投无路，他什么话都说得出来。”

“你不能这样推得一干二净，发孚。”斯汀喊道。他的眼睛眯起来，鼻头因紧张而泛白。他四下望了望其他人，然后继续站着发言。“听好。他说，他的调查员在某位医生的诊所找到一些记录。他说，该医生在诊断出那个太空分析员受到心灵改造后，就在一场意外中丧生。他还说，那是X下的毒手，好让那个太空分析员的身份继续保密。这些都是他说的，问问他，问问他这些是不是他说的。”

“如果我承认呢?”发孚问道。

“那么问问他，除非他始终保有那些记录，否则那名医生死了、埋了好几个月，他怎能从他的诊所拿到那些记录。真是的!”

发孚说:“简直愚不可及，照这样下去，我们可以浪费无限多的时间。另一名医生接下那个死人的业务，连同他原有的记录。难道你们有任何人认为，医疗记录会跟死去的医生合葬?”

阿贝尔说："不会，当然不会。"

斯汀结结巴巴说了几句，然后坐了下来。

发孚说："下一位是谁？你们哪一位还有话要说？还有指控吗？还有任何花样吗？"他的声音低沉，透出恶毒的口气。

阿贝尔说："好，以上是斯汀的发言，我们暂且搁下。现在轮到琼斯和我，我们是为另一件事来的，我们想见见那名太空分析员。"

发孚的双手原本放在办公桌上，现在那两只手举起再放下，抓住桌子的边缘。他的两道黑眉毛则靠到了一块儿。

他说："我们拘留着一个弱智的男子，他自称是个太空分析员。我这就派人把他带进来！"

在瓦罗娜·玛区的一生中，她从未、从未梦想到世上竟有许多这么不可思议的事物。自从她降落这颗名叫萨克的行星，一天以来，每件事物都显得神奇无比。就连分别关着她与愚可的那两间牢房，也似乎如梦幻般华丽。例如只要按一个钮，就有水从一根管子的尽头流出来。虽然外面的空气冷得超乎她的想象，但室内的墙壁会冒出热气。此外，每个跟她说话的人都穿着十分美丽的衣裳。

她前后待过几个房间，里面各种东西都是她前所未见的。现在这间比先前的都要大，可是几乎空无一物。不过房里倒是有不少人，包括一位坐在办公桌后面、表情严肃的男士；一位坐在椅子上、年纪很大且满脸皱纹的老者，此外还有三个人……

其中之一是镇长！

她一跃而起，向他冲过去："镇长！镇长！"

但他并不在那里！

他站了起来，拼命对她挥手："别过来，罗娜，别过来！"

她整个人穿过了他。她原本伸出手，想要抓他的衣袖，他却避开了。于是她向前猛冲，脚步踉跄，整个人就穿过他的身体。一时之间，她就像个泄了气的皮球。镇长已经转过身来，再度面对她，但她只能低头瞪着自己的双腿。

她两条腿都刺入镇长座椅的厚重扶手，她看得清清楚楚，它的颜色与质感都像真的一样。那个扶手环绕着她的双腿，可是她感觉不到。她伸出一只颤抖的手，五根手指沉入椅套足足一英寸，却同样没有任何感觉，而且每根指头依然清晰可见。

她尖叫一声，随即跌倒在地。她最后意识到的，是镇长自然而然地向她伸出手，但她从他的臂弯中跌了出去，仿佛那双手臂是两块肉色的空气。

等到她恢复知觉时，她又坐在一张椅子上。愚可紧紧抓住她一只手，那位满脸皱纹的老者则倾身凑向她。

他正在说："别害怕，亲爱的小姐。那只是个影像，你该知道，就是一种相片。"

瓦罗娜环顾四周，镇长仍然坐在那里，不过并未向她望来。

她伸手指了指。"他不在那里吗？"

愚可突然说："那是个三维化身，罗娜。他在别的地方，但我们可以在这儿看到他。"

瓦罗娜摇了摇头。如果愚可这样说，那就错不了。但她还是垂下眼睑，她不敢望向又在那里又不在那里的那些人。

阿贝尔对愚可说："所以你知道三维化身是什么，年轻人？"

"是的，阁下。"对愚可而言，这也是非比寻常的一天。不同的是瓦罗娜觉得越来越眼花缭乱，他则发现许多事物越来越熟悉、越来越容易理解。

"你从哪里听来的？"

“我也不知道，我是在……在我遗忘之前就晓得的。”

在瓦罗娜·玛区发狂似的冲向镇长的过程中，发孚始终坐在办公桌后面，未曾移动半步。

他板着脸说：“很抱歉我不得不把这个歇斯底里的当地女子带进来，以致打扰了这场聚会。那个所谓的太空分析员坚持要她在场。”

“没关系，”阿贝尔说，“但我注意到，你那位弱智的弗罗伦纳人，似乎对三维化身相当熟悉。”

“我猜，他曾受过良好的训练。”发孚说。

阿贝尔问：“他来到萨克后，有没有接受过审讯？”

“当然有。”

“结果如何？”

“没有新的资料。”

阿贝尔转向愚可。“你叫什么名字？”

“愚可是我唯一记得的名字。”愚可平静地说。

“你认识这里哪些人？”

愚可毫无畏惧地一一打量众人的脸孔：“只有镇长，当然还有罗娜。”

“这位，”阿贝尔一面说，一面对发孚做个手势，“是有史以来最伟大的大亨。他拥有这整个世界，你对他有什么看法？”

愚可大胆地说：“我是个地球人，他管不着我。”

阿贝尔转头对发孚说：“我认为一个成年的弗罗伦纳当地人，不会没有教养到这般藐视你。”

“即使动用心灵改造器？”发孚轻蔑地反驳。

“你认识这位先生吗？”阿贝尔再度询问愚可。

“不认识，阁下。”

“这位是沙姆林·琼斯博士，他是星际太空分析局的一位重要官员。”

愚可仔细望着他。“那么他该是我的长官之一。可是，”他以失望的口吻说，“我不认识他，也或许只是我记不得了。”

琼斯沮丧地摇了摇头：“我从来没见过他，阿贝尔。”

“这倒值得大书特书。”发孚喃喃道。

“现在听好，愚可，”阿贝尔说，“我准备告诉你一个故事。我要你全神贯注听我说，并且用心想一想，好好想一想！你明白我的话吗？”

愚可点了点头。

阿贝尔说得很慢，有好长一段时间，他的话语是室内唯一的声音。他说到一半时，愚可就合上眼睛，而且紧紧闭起来。他使劲抿着嘴，双手举到胸前，头部则向前倾。一看就知道，他处于巨大的痛苦中。

阿贝尔一路说下去，将发孚大亨当初报告的许多事件重组起来。他提到那封有关大难的电讯，提到它被截收，提到愚可与X相遇，提到心灵改造器，提到愚可如何被发现、如何被带到弗罗伦纳，提到那位替他做过诊断而旋即去世的医师，还提到他逐渐恢复的记忆。

他说：“这就是整个的经过，愚可。我把它原原本本告诉了你，有没有哪件事听来是熟悉的？”

愚可缓缓地、痛苦地说：“我记得最后一部分，你知道的，就是最后几天。我也记得更早的一些事，或许是那名医生，那是我刚开始说话的时候。这些记忆非常模糊……可是也只有这些了。”

阿贝尔说：“但你的确记得更早的事，你记得弗罗伦纳的危机。”

“是的，是的。那是我记起的第一件事。”

“那么你不能记起之后的事吗？你在萨克着陆，遇到一个人。”

愚可呻吟道：“我不能，我记不起来。”

“试试看！试试看！”

愚可抬起头，苍白的脸孔被汗水湿透。“我记得两个字。”

“什么字，愚可？”

“它没有意义。”

“反正告诉我们就是。”

“它和一张桌子联想在一起，那是很久、很久以前，非常模糊。我想我是坐着，也许吧，另外一个人也坐着。然后他站起来，低头望着我，就冒出了那两个字。”

阿贝尔很有耐心。“什么字？”

愚可双手握紧，悄声道：“发乎！”

除了发乎之外，每个人都站了起来。斯汀尖叫道：“我早就说过。”接着便发出尖锐的咯咯大笑。

第十七章
原告

发孚极力控制着怒火，说道：“让我们结束这场闹剧吧。”

他原本一直在等待，目光凌厉而毫无表情，直到众人在期待落空后纷纷坐下，他才终于重新开口。此时愚可垂下头来，双眼痛苦地紧闭，正在探索自己发痛的心灵。瓦罗娜将他拉向她自己，试着让他的头靠在她肩上，并轻抚着他的面颊。

阿贝尔颤声道：“你为何说这是一场闹剧？”

发孚答道：“不是吗？当初我会同意和你会面，只是因为你用特殊的手段威胁我。即使如此，倘若我早知道这个会议是打算审判我，并由变节者和凶手扮演检察官和陪审员的双重角色，那我仍会断然拒绝。”

阿贝尔皱起眉头，以流于形式的冰冷口吻说：“这不是一场审判，大亨。琼斯博士今天出席，是为了寻回分析局的一名成员，这是他的权利与义务。我今天出席，是为了在这个动荡时期保护川陀的权益。我认为这名男子，愚可，就是那名失踪的太空分析员，这点毫无疑问。假如你同意将此人交还琼斯博士，以便为他做进一步、包括生理特征的身体检查，我们可以立即结束这项讨论。我们自然会请求你提供进一步协助，帮我们找到那个心灵改造元凶，并且帮助我们建立警卫系统，以避免类似事件再度重演。毕竟，分析局是个星际机构，与区域性政治一向没有瓜葛。”

发孚道：“说得真好！但明显的事实依旧是明显的事实，你的计划太容易看透了。假如我放弃这个人，那会发生什么事呢？在我想来，分析局会设法问出它想问出的一切。它声称是个星际机构，和区域性政治没有牵扯，但它的年度预算有三分之二由川陀捐献，这是事实，对不对？我不信有哪个理性的政治观察家，会认为它在今日银河中真正中立。它从此人身上获得的发现，一定会符合川陀帝国的利益。

“而那些发现会是什么呢？那也很明显。此人的记忆将慢慢恢复，分析局会发表每日公报。他会一点一滴记起越来越多必要的细节，首先是我的名字，接着是我的样子，接着是我说的每一句话。分析局会郑重其事地宣称我有罪，会向我提出赔偿要求，而川陀将不得不暂时占领萨克，然后随便找个名义，暂时的占领就成了永久的占领。

“任何勒索都有其极限，超过这个极限勒索就自动失效。大使先生，你的勒索到此为止。假如你想要这个人，让川陀派一支舰队来要他。”

“根本谈不上动武，”阿贝尔说，“但我注意到，你一直刻意避免否认这位太空分析员最后一番话的暗示。”

“没有任何暗示需要我用否认以正视听，他记得两个字，或者声称他记得，那又怎么样？”

“这件事难道没有任何意义吗？”

“一点都没有。在萨克上，发孚这个姓氏是个大姓。即使我们假定这个所谓的太空分析员说的是真话，他也有一年的机会在弗罗伦纳上听到这个姓氏。他来到萨克时，乘坐的是接我女儿的那艘太空船，途中他更有机会听到发孚这个姓氏。这两个字渗入他薄弱的记忆，还有什么比这更自然的呢？当然，他也许并不诚实，此人一点一滴的吐露很可能是早已预演好的。”

阿贝尔想不出该说什么。他望了望其他人，琼斯眉头深锁，右手手指正慢慢搓揉着下巴；斯汀正在一面假笑，一面喃喃自语；那位弗罗伦纳镇长则茫然瞪着自己的膝盖。

接下来发言的竟是愚可，他从瓦罗娜的臂膀中挣脱，猛然站了起来。

“听着。”他苍白的面孔扭曲变形，双眼反映出内在的痛苦。

发孚说：“我看又要吐露一点了。”

愚可说：“听着！当时我们坐在一张桌子旁，茶里下了药。我们曾有争执，我不记得为什么。然后我就不能动了，只能坐在那里；我不能说话，只能思考。太空啊，我被下了药。我想要大喊大叫，拔腿逃跑，可是我做不到。然后另外那人，发孚，走了过来。他原来一直在对我吼叫，现在却停了，他已经没必要那样做。他绕过桌子向我走来，像座山那样站在我面前。我什么也不能说，什么也不能做，我只能试着抬眼向他望去。”

愚可说完，仍然沉默地站在原处。

沙姆林·琼斯说：“另外那人是发孚？”

“我记得他的名字是发孚。”

“好，他是不是那个人？”

愚可并未转头，他说：“我不记得他的样子。”

“你确定吗？”

“我一直在尝试。”他突然发作，“你不知道这有多困难。痛啊！就像烧红的尖针，深深插进来！插在这里！”他双手按在头部。

琼斯轻声说：“我知道这很困难，可是你必须尝试。你看不出来吗，你必须继续尝试。望着那个人！转过头去望着他！”

愚可转身面对发孚大亨，他凝视了片刻，然后转过头来。

琼斯说：“现在你记起来没有？”

“没有！没有！”

发孚露出冷笑。“你的人忘记台词了吗？还是如果他在下一场戏才记起我的长相，这个故事会显得更加可信？”

琼斯气急败坏地说：“我以前从未见过这个人，也从未跟他说过话，我们没有安排什么阴谋来陷害你。我烦透了你在这方面的指控，我要找的只是真相。”

“那么，我能否问他几个问题？”

“请便。”

“谢谢你的好意，这点我能确定。喂，你——愚可，不管你的真名叫什么……”

他以一名大亨的身份，对一个弗罗伦纳人说话。

愚可抬起头来，答道：“阁下。”

“你记得某人从桌子的另一侧向你走来。当时你坐在那里，被下了药而动弹不得。”

“是的，阁下。”

“你记得的最后一件事，是这个人低头望着你。”

“是的，阁下。”

“而你抬头望向他，至少试图那样做。”

“是的，阁下。”

“坐下来。”

愚可依言照做。

一时之间发孚未有任何行动。他那几乎没有嘴唇的嘴巴或许绷紧了些，两颊与下巴的肌肉在青黑色胡楂下隆起少许。然后，他从座椅上滑了下来。

滑下来！仿佛他在办公桌后面屈膝跪下。

但他随即走出来，明明是双脚着地。

琼斯感到头晕目眩。这个人在座位上如此相貌堂堂、如此威风凛凛，此时在毫无预警的情况下，突然变成一个可怜的侏儒。

发孚畸形的双腿在下面努力挪动，载着不成比例的躯干与头部向前走。他面红耳赤，但双眼依然射出原有的高傲目光。斯汀狂放地吃吃大笑，那对眼睛立即转向他，硬逼他把笑声咽下去。其他人都看呆了，全都默默坐在原处。

愚可张大眼睛，看着他一步步逼近。

发孚说："我是不是那个绕过桌子向你走来的人？"

"我不记得他的长相，阁下。"

"我不是要你记得他的长相。你能忘记这个吗？"他展开双臂，比了比自己的身形，"你能忘记我的样子，我走路的方式？"

愚可可怜兮兮地说："我似乎不该忘记，阁下，但是我不知道。"

"可是当时你坐着，他站着，而你抬头望向他。"

"是的，阁下。"

"他低下头望着你，事实上，是像座山那样站在你面前。"

"是的，阁下。"

"至少你记得这一点？你确定吗？"

"是的，阁下。"

两人现在已面对面。

"我低下头望着你吗？"

愚可说："没有，阁下。"

"你抬起头望着我吗？"

坐着的愚可与站着的发孚面对面、直勾勾地彼此瞪视。

"没有，阁下。"

"我可能是那个人吗？"

"不可能，阁下。"

"你确定吗？"

"是的，阁下。"

"你仍说你记得的那个名字是发孚吗？"

"我记得那个名字。"愚可倔强地坚持。

"那么，不论他是谁，他拿我的名字做掩饰？"

"他……他一定是。"

发孚转过身来，以威严、缓慢而吃力的步伐走回办公桌后面，再爬上他的座椅。

他说："我成年之后，从未允许任何外人见到我站在办公桌前面。这场会议有任何理由继续下去吗？"

阿贝尔同时感到尴尬与懊恼。目前为止，这次会议大大地弄巧成拙。不论在哪个阶段，发孚总能设法证明自己有理，而对方的指控错误。发孚已成功地将自己塑造成一个受难者，他受到川陀的勒索，被迫出席这场会议，并且成为错误指控的对象。在他的驳斥下，那些指控立刻崩溃。

发孚必定会让他自己对这场会议的回忆传遍整个银河，而他无须扭曲太多的事实，就能使它成为极佳的反川陀宣传。

阿贝尔很希望能减轻损失。如今对川陀而言，那名受到心灵改造的太空分析员已经没用了。从今以后，他的任何"记忆"不论看来多么真实，都会被人嗤之以鼻，会被视为荒诞无稽。世人将公认他是川陀帝国主义的工具，而且是个残破的工具。

但他迟疑不决，首先开口的是琼斯。

琼斯说："在我看来，有个非常好的理由让我们不该就此休会，我们尚未确定动用心灵改造器的究竟是谁。你曾经指控斯汀大亨，而斯汀也反过来指控你。即使你们两位都搞错了，其实两人都是清白的，你俩仍旧相信作案的是五大大亨之一。那么，到底是哪位呢？"

"有什么关系吗？"发孚问，"我确定这件事跟你没有任何关系。要是川陀和分析局未曾出面干涉，现在这个问题早已解决。我终将找出那个叛徒，别忘了，那个心灵改造者不论是谁，他原本的意图是要垄断蓟蔳贸易，所以我不太可能让他跑掉。一旦确认并处置了那个心灵改造者，你的人就会毫发无损地还给你。这是我唯一能做出的提议，而且是个非常合理的提议。"

"你会把那个人怎么样？"

"那纯粹是我们自家的事，与你毫无关系。"

"但它的确与我有关，"琼斯中气十足地说，"这不只是一位太空分析员受害的案子，还牵涉到一件更重大的问题，我很惊讶它到现在还没被提出来。这位愚可会受到心灵改造，并非仅仅因为他是个太空分析员。"

阿贝尔不确定琼斯的意图为何，但他决定助其一臂之力。他以温和的口吻说："琼斯博士所指的，当然是这位太空分析员最初的警告电讯。"

发孚耸了耸肩。"据我所知，直到目前为止，没有任何人认为这点有何重要，包括追查了一年的琼斯博士在内。然而，你的人就在这里，博士，问问他那究竟是怎么回事。"

"他自然不会记得。"琼斯忿忿地反驳，"心灵改造对于记忆中偏重知性的推理过程最有效，此人也许永远无法恢复工作上这方面的记忆了。”

“这么说它消失了，”发孚道，“那我们又能做些什么呢？”

“一件非常明确的事，这就是重点所在。还有一个人知道详情，就是那个心灵改造者。他本人也许不是太空分析员，他也许不知道精确的细节，然而，愚可在心智完好时曾和他谈过。他应该打听到很多，足以让我们在正轨上迈出一大步。假使他打听得不够多，他就不敢毁掉他的资料来源。不过，为了留下记录，我还是要问愚可，你是否记得？”

“只记得有一场危机，而它和太空原子流有关。”愚可喃喃答道。

发孚说：“即使你找出答案，对你又有什么用？那些病态太空分析员不断提出的各种惊人理论，究竟又有多么可靠？他们有多少人自认了解宇宙的奥秘，实际上却病入膏肓，甚至几乎无法读取仪器数据。”

“也许你说得没错。你怕不怕让我找出答案？”

“任何可能影响蓟芾贸易的惑众传言，不论是真是假，我都一律反对。你不同意我的话吗，阿贝尔？”

阿贝尔内心七上八下。发孚正处心积虑占取最有利的位置，这样一来，由于他自己的政变而导致的蓟芾断货，可以全部归咎于川陀的行动。但阿贝尔是个很好的赌徒，他冷静地、不动声色地提高了赌注。

他说：“我不同意，我建议你听听琼斯博士怎么说。”

“谢谢你。”琼斯说，“好，你刚才说过，发孚大亨，不论谁是那个心灵改造者，一定是他杀害了检查过愚可的那名医生。这意味着愚可待在弗罗伦纳上那段时期，那人一直以某种方式在监视愚可。”

“怎么样？”

“那种监视一定有迹可寻。”

“你的意思是，你认为那些当地人会知道谁在监视他们。”

“有何不可？”

发孚说：“你不是萨克人，所以才会犯这种错误。我向你保证当地人个个安分守己；他们不会接近大亨，而如果大亨接近他们，他们明白应该两眼紧盯脚趾头。他们对于被人监视一无所知。”

琼斯气得全身明显地打颤。专制统治在这些大亨心中如此根深蒂固，竟使他们觉得公开谈论没有什么不对，也没什么好羞耻的。

他说：“普通的当地人或许如此，但我们这里有个不寻常的当地人。我想，他已经对我们相当彻底地证明，他不是个毕恭毕敬的弗罗伦纳人。目前为止，他对这场讨论未曾发表任何意见，现在是问他几个问题的时候了。”

发孚说：“那个当地人的证词毫无价值。事实上，我要趁这个机会再度提出要求，请川陀将他交给萨克法庭接受公平审判。”

“让我先跟他谈谈。”

阿贝尔和气地插嘴道：“我想，问他几个问题不会有什么害处，发孚。如果他表现得不合作或不可靠，我们也许会考虑你的引渡请求。”

在此之前，泰伦斯一直痴痴凝视着交握双手的指尖部分，此时他抬了一下头。

琼斯转向泰伦斯，对他说：“自愚可在弗罗伦纳上被发现之后，他就一直待在你的镇上，对不对？”

“是的。”

“这段时期你始终在镇上吗？我的意思是，你没作过任何长期公务旅行，是吗？”

“镇长从不作公务旅行，他们的公务就在镇上。”

“好的。放轻松点，不要激动。我想，知悉任何大亨可能到镇上来，是你们公务的一部分。”

“当然，当他们要来的时候。”

“他们来过吗？”

泰伦斯耸了耸肩。“来过一两次，纯粹是例行公事，我向你保证。大亨不会让蓟茼弄脏他们的手，我是指未经处理的蓟茼。”

“放尊重点！”发孚咆哮道。

泰伦斯望着他说：“你有本事让我做到吗？”

阿贝尔赶紧打圆场。“我们让这个人和琼斯博士谈，发孚，你我只当个旁观者。”

琼斯对镇长傲慢无礼的态度很感兴趣，但他仍说：“请回答我的问题，不要随便发表评论，镇长。我问你，过去一年间，究竟有哪些大亨造访过你的村镇？”

泰伦斯凶巴巴地说：“我怎能知道？我无法回答这个问题。大亨是大亨，当地人是当地人。我或许是个镇长，可是对他们而言，我仍是个当地人。我不会等在镇口询问他们的姓名。

“我会收到一封信，如此而已，收信人是‘镇长’。上面写着某一天会有一次大亨视察，命我做好必要的准备工作。然后，我必须确定厂工都穿上他们最好的服装；加工厂收拾整齐且正常作业；蓟茼的库存充足；每个人看来都满足和快乐；每间房舍打扫干净，并在街上部署警卫；找些舞者待命，以备大亨心血来潮，想看看有趣的当地舞蹈；也许还要几位美丽的姑……”

“别管那些了，镇长。”琼斯说。

“你从来不管，我可要管。”

有了与国务院的弗罗伦纳人接触的经验，琼斯发觉这位镇长像冰水一样令人神清气爽。他暗自下定决心，不论分析局能发挥多少影响力，都要用来阻止这位镇长落入大亨手中。

泰伦斯继续说下去，口气变得较冷静。“反正那是我的职责。当他们来到时，我和其他人排在一起。我不知道他们是谁，我也不跟他们交谈。”

“那名城中医生遇害之前一周，有没有任何这样的视察？我猜你该知道那件事发生在哪一周。”

“我想我曾经从新闻幕上听到过。我记得那时没有任何的大亨视察，但我可不敢发誓。”

“你的土地属于哪位大亨？”

泰伦斯使劲抿起嘴巴。“属于发孚大亨。”

斯汀突然改用吊儿郎当的口气发言，不禁令人有些讶异。他说：“哦，听我说。真是的！你以这种方式发问，简直正中发孚的下怀，琼斯博士。你看不出来根本问不出任何结果吗？真是的！难道你以为，倘若发孚想要看牢那边那个家伙，他会不辞辛劳、亲自前往弗罗伦纳看着他吗？巡警是干什么用的？真是的！”

琼斯显得有些狼狈。“在这种情况下，整个世界的经济，甚至可能包括它的存亡，全部系于某人脑中的资料，心灵改造者自然不想将守护的工作交给巡警。”

发孚打岔道：“即使在他将那个脑袋洗得干干净净之后？”

阿贝尔伸出下唇，同时皱起了眉头。他眼看这场赌博将与前几场一样，又要输在发孚手里。

琼斯再试了一次，以迟疑的口气说：“有没有哪位特定的巡警，或是一群巡警，总是在附近徘徊不去？”

“我从来不知道，他们在我眼中只是制服。”

琼斯转头望向瓦罗娜，大有猛然扑过去的气势。刚才她的脸色变得惨白，双眼瞪得老大，琼斯并未忽略这一点。

他说：“你怎么回事，姑娘？”

但她只是无言地摇了摇头。

阿贝尔难过地想道：没有什么能做的了，一切都已经结束。

此时瓦罗娜却站了起来，双腿还微微发颤。她以沙哑而细弱的声音说：“我要讲一件事。”

琼斯说：“讲啊，姑娘，什么事？”

瓦罗娜一面喘息一面开口，她脸上每一条皱纹、手指每一次神经质的抽动都透出明显的恐惧：“我只是个乡下女子，请不要生我的气，只不过似乎这些事只有一个解释。我的愚可真有那么重要吗？我的意思是，像你们所说的那样？”

琼斯柔声道：“我认为他当初非常、非常重要，我认为现在仍是如此。”

“那就一定像你说的那样，不论是谁把他放到弗罗伦纳上，都不敢将眼睛移开哪怕只有一分钟。对不对？我的意思是，万一愚可被加工厂的监工殴打，或是遭小孩丢石头，或是患病死去，那该怎么办。他不会被无助地留在田野，否则可能还没被发现就死了，对不对？他们不会以为光凭运气就能保他安然无事。”现在她的话说得极其流畅。

“说下去。”琼斯望着她说。

“因为有个人的确从一开始就看着愚可。他在田野间发现他，安排由我照顾他，保护他不发生意外，而且每天了解他的状况。他甚至知道有关那位医生的一切，因为我告诉过他。就是他！就是他！”

在她高亢的尖叫声中，她的手指坚定地指向米尔林·泰伦斯——那位镇长。

而这一回，就连发孚的超人定力都瓦解了。当他猛然转头望向镇长时，他的双臂硬邦邦撑在桌面上，将他粗壮的身躯从座位上足足举起一英寸。

第十八章
胜利者

一时之间，仿佛众人的发声系统全部瘫痪。就连愚可也只能木然瞪着瓦罗娜，后来又转向泰伦斯，眼中透出不敢置信的目光。

然后，传来斯汀尖锐的笑声，沉默才终于打破。

斯汀说：“这话我相信，真的！我一直都这么说，我说那个当地人受雇于发孚。这就让你们认清发孚是怎样的人，他会雇用当地人去……”

“这是个恶毒的谎言。”

说话的不是发孚而是镇长。他站了起来，双眼闪烁着怒火。

阿贝尔似乎是其中最镇定的一位，他问道：“哪一句？”

泰伦斯瞪了他片刻，起初没听懂他的意思，然后才激动万分地说：“大亨刚才所说的——我并未受雇于任何萨克人。”

“那女孩说的呢？也是谎言吗？”

泰伦斯用舌尖舔了舔干涩的嘴唇。“不，那是真的，我就是那个心灵改造者。”他又赶紧说，“别那样望着我，罗娜。我没有打算伤害他，后来发生的事都不是我的本意。”说完他再度坐下。

发乎说:“这是某种奸计。我不知道你图的究竟是什么，阿贝尔，可是从表面看来，这名罪犯没办法把这项特殊罪状算在自己的账上。只有五大大亨才能拥有必要的情报和管道，这点可以确定。还是你急着要替你的斯汀脱罪，才会安排这个假口供?”

泰伦斯双手紧紧交握，在座椅中倾身向前。“我同样没有拿川陀的钱。”

发乎不理会他。

琼斯是最后一个回过神的。前后有好几分钟，他都无法调整心态，接受镇长并非真正与他同在一个房间，而是在大使馆中另一个角落；他能见到的只是他的影像，那其实不比发乎更为真实，而后者远在二十英里外。他想要走到镇长面前，抓住他的肩膀，单独与他交谈，可是他做不到。他说:“在我们让这个人自白之前，争论根本毫无意义。让我们听听细节如何，假如他就是心灵改造者，我们亟须知道那些细节；假如他不是，他试图提供的细节会证明这一点。”

“如果你们想知道事情的经过，”泰伦斯叫道，“我会告诉你们。隐瞒事实再也不会对我有任何好处，毕竟赢家不是萨克就是川陀，所以去你妈的太空吧。这样做，至少给我一个机会把一两件事公诸于世。”

他轻蔑地指着发乎。“这是五大大亨之一。只有五大大亨，正如其中这位大亨说的，才能拥有必要的情报和管道，做到那个心灵改造者所做的事。而且，他真心相信这点。可是他知道些什么?任何一个萨克人又知道些什么?

“经营政府的不是他们，而是弗罗伦纳人!是国务院里那些弗罗伦纳人。他们领取文件，他们填写文件，他们收存文件，是那些文件在治理萨克。当然，我们大多数都温驯得甚至不敢啜泣，但你们可知道，如果我们要做的话，即使在那些该死的大亨面前，我们也能做到什么吗？嗯，你们看到我做到了什么。

“一年前，我在太空航站充当临时交通管制员。那是我接受的训练之一，这有记录可查。不过你们得花点工夫才挖得到，因为台面上的交通管制员是个萨克人。他拥有那个头衔，但由我执行实际工作。在标示着‘当地人员’那个部分，可以找到我的名字。萨克人都不想看那一部分，免得污染了他们的眼睛。

“那天，当地分析局将那个太空分析员的电讯送到航站，并且建议我们派辆救护车去接他的太空船，收到那封电讯的是我。我把安全的部分转告有关单位，关于弗罗伦纳的毁灭则秘而不宣。

“我安排那个太空分析员在郊外的小型航站着陆，并且亲自去接他。我能轻易做到这件事，操纵萨克的绳索都系在我的指尖。别忘了，当时我在国务院。我所做的这些事情，五大大亨哪个也休想办到，除非他命令某个弗罗伦纳人替他执行；而我不需任何人帮助就能独力完成。有关情报和管道的问题，我的解释到此为止。

“我接到了那个太空分析员，将他藏在萨克和分析局都找不到的地方。我尽可能从他口中套出有关的资料，并开始利用这些资料帮助弗罗伦纳对抗萨克。”

发孚勉强吐出几个字。“第一封信是你写的？”

“第一封信是我写的，大亨。”泰伦斯平静地说，“我以为能逼你们将大部分蓟茼田交到我手中，好让我有足够的筹码和川陀打交道，把你们赶出那颗行星。”

“你疯了。”

“也许吧，反正没有成功。我曾经告诉那个太空分析员，说我就是发孚大亨。我必须那样做，因为他知道发孚是该行星上最有影响力的人；而且只要他以为我是发孚，他就会愿意言无不尽。他还以为发乎渴望尽一切力量帮助弗罗伦纳，我知道后忍不住哈哈大笑。

“不幸的是，他比我更没耐性。他坚称损失一天就是一场大祸，而我却明白，我和萨克打交道比任何事更需要时间。我发觉难以控制他，最后不得不动用心灵改造器。我有办法弄到一台，我曾在医院中看过怎样使用，我对这种仪器有些了解，遗憾的是了解得不够。

“我设定好改造器，准备消除他心灵表层的焦虑。那是个简单的手术，我至今不明白发生了什么事。我想那些焦虑一定藏得很深、很深，改造器自然而然追了下去，将大部分意识层一起挖出来，剩下的就是个心智全无的白痴……我很抱歉，愚可。”

愚可一直在专心聆听，此时他悲伤地说：“你不该那样对我，镇长，但我十分了解你的感受。”

“没错，”泰伦斯说，“你在那颗行星上住过，你了解巡警和大亨，以及下城和上城的区别。”

他继续述说他的故事。“所以在我手中的，是个完全丧失心智的太空分析员。我不能让任何可能查到他身份的人发现他；我也不能杀掉他，我确信他的记忆将会恢复，而我仍然需要他的知识，更遑论杀了他便无法获得川陀与分析局的善意回应，那是我终将需要的。此外，在那个时候，我还下不了这种毒手。

“我安排自己调回弗罗伦纳去当镇长，我利用伪造的文件带着那个太空分析员同行。我安排他被人发现，我挑选瓦罗娜照顾他。从此没有任何危险，例外的只有被那名医生发现的那次。为此我不得不闯进上城的电厂，这并非不可能，那些工程师虽然是萨克人，不过守卫都是弗罗伦纳人。在萨克的时候，我学到足够的电机工程知识，懂得如何令一条输电线短路。我花了整整三天，才找出破坏输电线路的正确时间。从此以后，我杀人就容易多了。不过，我从来不知道，那名医生在上下两间诊所各保存一份记录，我真希望未曾疏忽。”

泰伦斯能从他的座位看到发孚的精密时计：“后来，一百小时之前——似乎就像一百年前——愚可开始恢复记忆。整个故事就是这样，现在你们都知道了。”

“不，”琼斯说，“还没有。这位太空分析员说的有关行星毁灭的故事，它的细节究竟如何？”

“你以为我了解他说的那些细节吗？那是一种——对不起，愚可——疯话。”

“不是，”愚可火了，“不可能是疯话。”

“这位太空分析员有艘太空船，”琼斯说，“现在它在哪里？”

“早就送到废物堆去了。”泰伦斯说，“遵照一道命令办的，命令由我的上司签署。当然，萨克人从来不读公文，我毫无困难就把它报废了。”

“那么愚可的文件呢？你说他给你看过一些文件！”

“把那个人交给我们，”发孚突然说，“我们会问出他知道的一切。”

“不，”琼斯说，“他最初的罪行是与分析局为敌。他绑架一名太空分析员，并且损伤他的心灵，他应该是我们的。”

阿贝尔说：“琼斯说得对。”

泰伦斯道：“给我听好。要是没有安全保证，我一个字也不会说。我知道愚可的文件在哪里，不论萨克人或川陀人都永远找不到。如果你想得到那些文件，你必须承认我是个政治难民。我所做的都是出于爱国心，出于我们行星的需要。萨克人或川陀人都能自称是爱国者，弗罗伦纳人又为何不可？”

“大使曾经说过，”琼斯道，“会把你交给分析局。但我向你保证，我们不会将你移交萨克。由于你曾经迫害这位太空分析员，你将因此受到审判。我无法保证结果如何，但如果你现在跟我们合作，我们就会从轻发落。”

泰伦斯以凌厉的目光望向琼斯，然后说：“我愿在你身上碰碰运气，博士……根据那个太空分析员的说法，弗罗伦纳的太阳正处于爆前新星阶段。”

“什么！”除了瓦罗娜，其他人都发出这声或类似的惊叹。

“它就快要‘砰’的一声炸成灰烬了。”泰伦斯以讥讽的口吻说，“当这件事发生的时候，弗罗伦纳上所有的一切将被气化，像是化作一缕轻烟。”

阿贝尔说：“我不是个太空分析员，但我曾经听说，根本没有办法预测一颗恒星何时会爆炸。”

“那是事实，至少直到目前为止。愚可有没有解释他为何会这么认为？”琼斯问道。

“我想他在文件中有所说明，我能记得的只是它跟碳原子流有关。”

“什么？”

“他当时一直在说：‘太空碳原子流，太空碳原子流’，此外还有‘催化效应’，就是这些了。”

斯汀吃吃傻笑，发孚皱起眉头，琼斯睁大双眼。

然后琼斯低声道：“失陪一下，我马上就回来。”他走出接收空间的范围，随即消失无踪。

十五分钟后，他又回到原位。

琼斯回来之后，立刻慌慌张张四下张望。除了阿贝尔与发孚，其他人都不见了。

他说："他们到……"

阿贝尔立刻打断他的话："我们两人在等你，琼斯博士。那位太空分析员和那个女孩正在前往大使馆的途中，这场会议已经结束。"

"结束！银河啊，我们才刚开始呢。我一定得解释一下新星形成的可能性。"

阿贝尔在座位上不安地来回挪动。"没有必要那样做，博士。"

"非常有必要，有绝对的必要，给我五分钟的时间。"

"让他说吧。"发孚一面说，一面露出微笑。

于是琼斯说："我得从头说起。在银河文明最早有案可查的科学文献中，人类已经知道恒星的能量来自它们内部的核反应。此外人类还知道，在已知的恒星内部物理条件下，刚好只有两种核反应可能产生必需的能量，两者的结果都是氢核转化为氦核。第一种是直接的反应：两个氢核和两个中子结合，形成一个氦原子核。第二种是间接的反应，包括数个步骤，最后的结果仍是氢核变为氦核，但在几个中间步骤有碳核参与。这些碳原子核不会被用掉，在反应进行中会重新产生，因此微量的碳核可一用再用，而将大量的氢核转化成氦核。换句话说，碳原子核扮演一种催化剂的角色。这些理论都可以追溯到史前时代，追溯到人类局限于一颗行星的时期，倘若真有这样一个时期的话。"

"如果这些大家都知道，"发孚说，"我就要说你这番话毫无用处，只是在浪费时间而已。"

"但我们知道的就只有这些。恒星究竟使用哪一种核反应，或是两者同时使用，这点从来没人能够确定。长久以来，支持两种可能性的学派都一直存在。通常大多数意见偏向直接的氢—氦转化，因为它是两者中较简单的一种。

“好，愚可的理论一定是这样：氢—氦直接转化是恒星能量的正常来源，但是在某些情况下，碳核催化作用的重要性增加，加速了间接转化过程，使恒星的温度升高。

“太空中有许多原子流，这点你们都很清楚，而其中有些是碳原子流。通过这些原子流的恒星会吸取无数原子，然而恒星所吸引的原子总质量，与恒星本身的质量简直无法相比，根本不会造成任何影响。只有碳原子例外！要是通过一道含碳浓度非比寻常的原子流，恒星就会变得不稳定。我不知道需要经过多少年、多少世纪，或是需要几百万年，碳原子才能扩散到恒星内部，不过大概需要很长一段时间。这就意味着碳原子流必须够宽，而恒星的轨迹与它的交角必须够小。总之，一旦浸透至恒星内部的碳原子超过某个临界值，恒星的辐射量就会突然暴涨。在不可思议的剧烈爆炸中，恒星的外层将尽数崩溃，这就形成了新星。

“你们明白了吗？”

琼斯等着他们的反应。

发孚说：“根据镇长记忆中那个太空分析员一年前讲的几句空话，你就在两分钟内想通这一切？”

“是的，没错，这根本没什么好惊讶的。太空分析已累积了足够的知识，即使愚可没有提出这个理论，也很快会有别人提出来。事实上，以前就有类似的理论出现，可是从未受到正视。那些理论是在太空分析技术发展之前提出来的，当时无人能解释那些恒星如何突然获得过量的碳核。

“可是现在我们知道太空中有碳原子流，我们可以画出它们的路径，找出过去一万年来有哪些恒星与这些路径相交，再用我们的新星形成及辐射变化记录核对这些结果。愚可做的一定就是这项研究，他试图对镇长说明的一定是他的计算与观测。不过这些全都不是眼前的重点。

“现在必须安排的是立即开始疏散弗罗伦纳。”

“我就知道结论会是这样。”发孚神色自若地说。

“我很抱歉，琼斯，”阿贝尔道，“但那几乎是不可能的。”

“为什么不可能？”

“弗罗伦纳的太阳什么时候会爆炸？”

“我不知道。愚可一年前就急得不得了，所以我想我们没有多少时间。”

“但你不能定出一个日期？”

“当然不能。”

“你什么时候能定出一个日期？”

“根本无法保证。即使我们拿到愚可的计算，还需要从头到尾检查一遍。”

“你能保证结果将证明那位太空分析员的理论正确无误？”

琼斯皱起眉头。“我本人十分确定，但是没有科学家能预先为任何理论担保。”

“那么就是说，你要我们疏散弗罗伦纳，纯粹是根据一项臆测。”

“我认为整个行星的人命不是可以拿来冒险的。”

“假使弗罗伦纳是个普通的行星，我会同意你的话。可是弗罗伦纳是整个银河的蓟芾来源，所以这件事办不到。”

琼斯气呼呼地说：“这就是我不在的时候，你和发孚达成的协议吗？”

发孚加入讨论，他说：“让我来为你解释，琼斯博士。萨克政府绝不会同意疏散弗罗伦纳，哪怕分析局声称拥有这个新星理论的确实证据。而川陀也无法强迫我们，整个银河虽有可能为维持蓟茼贸易而支持对萨克开战，却绝对不会支持一场结束蓟茼贸易的战争。”

“正是如此，”阿贝尔说，“只怕我们自己的同胞也不会支持这样一场战争。”

琼斯觉得内心泛起一阵强烈的反感。与经济的必要性比较之下，整个行星的人命根本不算什么！

他说：“听我解释，这并非一颗行星的问题，而是攸关整个银河。如今银河每年足足产生二十颗新星；此外在银河千亿颗恒星中，约有两千颗的辐射特征会出现极大变异，使周围的可住人行星变得不适于人类居住。人类目前分散在银河内一百万个恒星系中，这就代表平均每五十年，某处一颗住人行星就会变得太热而无法再维持生命，历史记录中这种事例比比皆是。而平均每五千年，某颗住人行星就有一半的机会在新星爆炸中化为气体。

“假如川陀对弗罗伦纳不闻不问，让上面的居民和它一起气化，那等于对银河全体人类发出一道讯息：当他们自己大难临头时，如果救援他们会阻挠少数权贵的经济利益，他们就休想指望有人会伸援手。你能冒这个险吗，阿贝尔？

“反之，如果对弗罗伦纳伸出援手，你就证明了川陀将它对银河黎民的责任置于维护财产之上，川陀将赢得武力绝对无法赢得的人心。”

阿贝尔低下头来，又以困倦的动作摇了摇头。“不行，琼斯。你说的话令我心动，可是它不切实际。任何终止蓟茼贸易的企图所必将引发的政治效应，我不能指望靠情感来化解。事实上，我认为避免调查这个理论或许才是聪明的。光是想到它可能是真的，便足以造成莫大的伤害。”

“但如果它的确是真的呢？”

“我们必须根据否定的假设行事。我猜，刚才你离开一下，是去和分析局联络。”

“是的。”

“无论如何，我想川陀会有足够的影响力终止他们的调查。”

“只怕未必，这些调查不会终止。两位先生，我们很快就会得到廉价薊萳的秘密。在一年内，不论是否真有新星存在，薊萳的垄断将不复存在。”

“你是什么意思？”

“这场会议现在才讨论到真正的重点，发孚。在所有的住人行星中，薊萳只在弗罗伦纳生长。在其他各处，它的种子只能产生普通的纤维素。就几率而言，在所有的住人星系中，目前或许只有弗罗伦纳的太阳处于爆前新星阶段。而且，或许在它刚进入碳原子流的时候，大概在好几千年前，它就变成了一颗爆前新星，只要两者的交角足够小。如此看来，薊萳与爆前新星阶段似乎很可能同出一源。”

“胡说八道。”发孚说。

“是吗？为什么薊萳在弗罗伦纳上是薊萳，而在别处就是棉花，这点必有个中缘由。科学家在其他的行星，试了很多人工生产薊萳的方法，但那些试验都是盲目的，所以他们总是失败。现在，他们将知道爆前新星是关键因素。”

发孚以轻蔑的口吻说：“他们曾经试过复制弗罗伦纳之阳的辐射性质。”

“利用特制的弧光，没错，但那只能复制可见光与紫外线光谱。红外线和更远端的辐射又如何呢？磁场又如何呢？电子发射又如何呢？宇宙线效应又如何呢？我不是物理生化学家，所以可能还有我根本不知道的因素。可是全银河的物理生化学家马上会开始研究，不出一年，我向你们保证，他们就会找到答案。

“现在，经济情势站到了人道这一边。全银河的人都想要廉价的蓟芾，要是他们找到了，甚至只是猜想不久便能找到，他们就会希望弗罗伦纳疏散一空。这并非只是出于人道考量，也是由于他们亟欲扳倒靠蓟芾敛财的萨克人，这一天终于给他们等到了。”

“你别吓唬人！”发孚咆哮道。

“你这样想吗，阿贝尔？”琼斯追问，“假如你帮助那些大亨，那么在世人眼中，川陀不会是蓟芾贸易的救主，反而是垄断蓟芾的帮凶。你能冒这个险吗？”

“川陀能冒着战争的危险吗？”发孚反问。

“战争？荒唐！大亨，一年之内，不论有没有新星，你在弗罗伦纳上的产业都将一文不值。卖掉吧，卖掉整个弗罗伦纳，川陀买得起。”

“买下一颗行星？”阿贝尔惊慌失措地说。

“有何不可？川陀有这个钱，而且因此赢得的天下人心，将值回上千倍的代价。如果告诉他们你在拯救数亿生灵还不够，那么再告诉他们你会为他们带来廉价的蓟芾，那就一定行了。”

“我会考虑考虑。”阿贝尔说。

阿贝尔望向发孚，这位大亨垂下了眼睑。

顿了好一阵子，他也说了一句：“我会考虑考虑。”

琼斯发出刺耳的笑声。“别考虑得太久。蓟芾的秘密很快就会传开，没有任何办法挡得住。到了那个时候，你们两人不会再有行动的自由，现在两位还能谈个较好的买卖。”

镇长似乎泄了气。“确定是真的吗？”他不断重复，“确定是真的？弗罗伦纳要消失了？”

“这是真的。”琼斯说。

泰伦斯展开双臂再垂下来：“如果你想要愚可的那些文件，它们藏在我的镇上，和人口统计资料放在一起。我特别选了一批尘封的档案，是至少一世纪前的记录，没有人会因为任何理由翻查那些资料。”

“听我说，”琼斯道，“我确定我们能和分析局达成一项协定。我们在弗罗伦纳将需要一个人，他必须了解弗罗伦纳的同胞，必须能告诉我们如何向他们解释这些事，如何以最佳的方式进行疏散，如何挑选最合适的避难行星。你愿意帮我们吗？”

“你的意思是要我这样将功赎罪？谋杀罪就这么一笔勾销？我会不答应吗？”镇长双眼突然涌出泪水，“但我终究是输了。我将失去我的世界，失去我的家园。我们全都输了，弗罗伦纳人输掉他们的世界，萨克人输掉他们的财富，川陀人输掉他们得到那笔财富的机会，根本没有任何赢家。”

“除非你了解，”琼斯柔声道，“在一个新的银河中——一个不受恒星不稳定性威胁的银河，一个人人都有蓟芇的银河，一个政治统一近在眼前的银河——终归会有许多赢家。一千兆个赢家，整个银河的人民，他们全都是胜利者。”

尾　声

一年后

“愚可！愚可！”沙姆林·琼斯跑过航站着陆场，快步奔向太空船，他的双臂同时张开，“还有罗娜！我真认不出你们两人了。你们好吗？你们好吗？”

“我们好得不能再好了。我看得出来，你收到我们发的信了。”愚可说。

“当然。告诉我，你们对这一切有何感想？”他们一同向琼斯的办公室走去。

瓦罗娜悲伤地说：“今天上午我们回到镇上，田野间空空荡荡。”现在她穿着帝国妇女的衣裳，不再像个弗罗伦纳的农妇。

“没错，对于在这儿生活过的人来说，看来一定十分荒凉。甚至连我也觉得越来越荒凉，但我会尽可能待久一点，弗罗伦纳之阳的辐射数据有极重大的理论价值。”

“不到一年的时间，就完成这么大规模的疏散！这显示了极佳的组织能力。”

“我们全力以赴，愚可。哦，我想我该用你的真名称呼你。”

“请别那样做，我再也不会习惯。我就是愚可，这仍是我唯一记得的一个名字。”

琼斯说：“你有没有决定是否要继续太空分析的工作？”

愚可摇了摇头。“我已下定决心，但我的决定是，不。我再也无法唤回足够的知识，那部分已经永远消失。不过，这不会对我造成任何困扰。我准备回地球去……对了，我希望能够见到镇长。”

“恐怕办不到，他决定今天休一天假。我想他宁愿不跟你见面，他有罪恶感，我这么想。你对他不会怀恨在心吗？”

愚可说：“不会，他本无恶意，而且在许多方面，他都使我的生活变得更好。比方说，让我遇到了罗娜。”他用一只手臂搂住她的肩膀。

瓦罗娜望着他微微一笑。

“此外，”愚可继续说，“他帮我治好一个毛病。我弄懂了自己为何要当太空分析员，也了解了为何将近三分之一的太空分析员招募自同一颗行星——地球。住在一个带有放射性的世界上，任何人必定都在恐惧与不安全感中成长。一失足就可能丧命，我们那颗行星的地表成了我们最大的敌人。

“这就在我们心中形成一种焦虑，琼斯博士，一种对行星的恐惧。我们只有在太空中才会快乐，那是我们唯一能感到安全的地方。”

“现在你不再有那种感觉了，愚可？”

“我当然不会了，我甚至不记得曾有那种感觉。你看，这就对了。镇长当初设定那具心灵改造器，是为了除去我的焦虑，但他却忘了设定强度。他以为要对付的是个最近的、表面的问题，却根本不知道这个焦虑已经根深蒂固，于是被他一股脑都给清掉了。就某个角度而言，的确值得把它清掉，即使许多其他的东西也会随之而去。如今我不必待在太空，我可以回到地球，我可以在那里工作。而地球需要人手，它永远需要。”

“你知道吗，”琼斯说，“我们为何不能像帮助弗罗伦纳那样帮助地球？没有必要让地球人在那种恐惧与不安全感中成长，银河大得很。”

“不，”愚可激动地说，“这是两种不同的情况。地球有它的过去，琼斯博士。很多人也许不相信，但我们地球人都知道，地球是人类的起源行星。”

“嗯，或许吧，我不敢说是对是错。”

“绝对没错。它是一颗不能离弃的行星，一定不能离弃它。总有一天我们会令它改变，将它的表面变回过去必曾拥有的面貌。在此之前——我们要留下来。”

瓦罗娜轻声道：“而我现在是个地球女子。”

愚可正望向地平线，上城鲜艳夺目依旧，可是居民都走光了。

他问：“还有多少人留在弗罗伦纳？”

“大约两千万。”琼斯说，“我们将进展逐步放慢，我们的撤离必须保持平衡。还没撤走的那些人，在这几个月里，必须始终维持一个完整的经济体。当然，重新安顿的工作还在最初阶段。撤离者大多仍住在邻近世界的临时收容营，会有一段无可避免的艰苦日子。”

“最后一个人将在何时离开？”

“永远不会，真的。”

“我不了解。”

“镇长非正式地申请留下来，他的申请已被批准，同样是非正式地。这件事不会留下公开记录。”

“留下来？”愚可十分震惊，“可是看在整个银河的份上，为什么呢？”

“我本来不知道，”琼斯说，“可是我想你自己在谈到地球的时候提出了合理的解释。而他的感觉和你一样，他说他不忍心让弗罗伦纳孤独地死去。”

后　记

《星空暗流》创作于一九五一年，于一九五二年首度发表。在那个时代，有关新星形成的天体物理学相当粗浅，因而我对“碳原子流”的臆测还算合理。天文学现在已有长足的进步，似乎已能肯定太空原子流的本质与新星形成毫无瓜葛（然而，事实上，如今星际气体尘埃云的分析变得更有趣，远超过我在一九五一年的想象）。这实在太糟了，因为我对太空原子流的臆测是如此巧妙（在我看来），我觉得它应该就是真理。话说回来，宇宙自有其行事方式，不会只为了对我的巧思致敬而改变心意。因此我只好请各位读者不要追究新星形成的真相，姑且依据本书的逻辑来欣赏（假设您的确欣赏）这个故事。

艾萨克·阿西莫夫

阿西莫夫
银河帝国系列

基地系列

银河帝国：基地（Foundation）

银河帝国2：基地与帝国（Foundation and Empire）

银河帝国3：第二基地（Second Foundation）

银河帝国4：基地前奏（Prelude to Foundation）

银河帝国5：迈向基地（Forward the Foundation）

银河帝国6：基地边缘（Foundation's Edge）

银河帝国7：基地与地球（Foundation and Earth）

机器人系列

银河帝国8：我，机器人（I, Robot）

银河帝国9：钢穴（The Caves of Steel）

银河帝国10：裸阳（The Naked Sun）

银河帝国11：曙光中的机器人（The Robots of Dawn）

银河帝国12：机器人与帝国（Robots and Empire）

帝国系列

银河帝国13：繁星若尘（The Stars, Like Dust）

银河帝国14：星空暗流（The Currents of Space）

银河帝国15：苍穹一粟（Pebble in the Sky）